巴山诗话

达州文艺精品资助／巴山文学院签约项目

孙仁权 著

中国文联出版社

图书在版编目（CIP）数据

巴山诗话 / 孙仁权著 . -- 北京：中国文联出版社，
2020.12（2023.1 重印）

ISBN 978 - 7 - 5190 - 4451 - 0

Ⅰ.①巴… Ⅱ.①孙… Ⅲ.①诗词—诗歌评论—中国
—文集 Ⅳ.①I207.2-53

中国版本图书馆 CIP 数据核字（2021）第 013129 号

著　　者　孙仁权
责任编辑　邓友女
责任校对　程卓越
装帧设计　中联华文

出版发行　中国文联出版社有限公司
地　　址　北京市朝阳区农展馆南里 10 号　　　　　邮编　100125
电　　话　010 - 85923025（发行部）　　　　85923091（总编室）
经　　销　全国新华书店等
印　　刷　三河市华东印刷有限公司

开　　本　710 毫米×1000 毫米　　　1/16
印　　张　13.5
字　　数　188 千字
版　　次　2023 年 1 月第 1 版第 2 次印刷
定　　价　75.00 元

达州文艺精品资助 / 巴山文学院签约项目

总　序

中国四川达州，巴渠大地人文底蕴深厚，自古诗韵文风流长。巴文化熏陶下的文艺名人灿若星辰，巴山作家群闻名遐迩，巴山诗歌城、巴山诗派名副其实，巴山画家群、巴山摄影人、巴山书家等文艺品牌影响日盛。

党的十八大以来，面对各种文艺思潮、文艺现象、文艺批评中存在的问题，习近平同志在全国文艺工作座谈会上提出"坚定文化自信，用文艺振奋民族精神""坚持服务人民，用积极的文艺歌颂人民""坚守艺术理想，用高尚的文艺引领社会风尚"等中国特色社会主义文艺论断，有力丰富了马克思主义文艺理论，具有极强的现实指导意义。2016年，达州市总结提炼党的十八大以来在文艺方面的有益探索，创新实施繁荣发展社会主义文艺"1+3"新政，开展巴渠文艺奖评选、文艺精品项目扶持、文艺"双师双下"三大举措，规划5年投入5000万元，扶持鼓励文艺精品创作生产，特别是巴山大剧院、巴山文学院、巴山书画院、巴文化研究院、达州文艺之家、515艺术创窟等文艺阵地相继建成投入使用，为文艺家创作提供了阵地保障，也是贯彻落实习近平新时代中国特色社会主义思想的具体实践，更是弘扬中华优秀传统文化、延续振兴达州文脉的务实之举。

当前，达州文艺创作进入了厚积薄发阶段，优秀作品层出不穷，精品力作不断涌现。此次市委市政府全额出资出版的系列书籍，包含诗词、小说、散文等文学体裁，以及美术、书法、摄影等艺术门类，集中展示了全市最新的文艺创作成果，希望全市文艺工作者能够增添信心和动力，坚持以人民为中心的创作导向，不断创作出具有中国气派、巴蜀风骨、达州特质的文艺精品力作，助力"全国巴文化高地"建设，为达州实现"两个定位"、争创全省经济副中心贡献文化力量！

编者

2019年12月9日

自　序

　　首先要感谢周啸天教授为本书题写书名。

　　我住在大巴山区万源市后河边一个叫渔渚坝的村庄，这是我 1969 年插队落户的地方。渔渚坝依山傍水，柳风晓月，天星竹影，山岚鹤舞，烟雨鸡声；时与人垂钓，时与人对弈，时辗转低吟，时伏案写作。其乐融融，岂不美哉！

　　《巴山诗话》是一部诗词理论和诗词评论著作。集子内容由传统诗词理论、传统诗词评析、新诗评析三部分组成。传统诗词评析包括诗集的序言以及单首或多首诗词的评析。集子评析的诗词作者，90％以上是达州籍或曾经在达州工作过的古今诗人。本集子是理论和评述作品的文章，不针对个人。我是在学习传统诗词中学习理论的，对诗词的评析只代表我一家之言，有不当之处请谅解。

　　传统诗词理论有《渔渚随笔》《诗歌的意象、意境、情景、细节》《宋词的辉煌是历史发展的必然》《有关旧体诗词写作实践中的感想》《新乐府和新国风之比较》《如何辨别诗的优劣》六篇。

　　传统诗词的理论，从形成到成熟，经过了近两千年不断地总结与完善，才成为诗词创作的理论依据；才成为诗词欣赏的理论依据；才奠定了传统诗词在诗歌中颠扑不破的位置。时至今天对旧体诗词的品评，依然是用这些理论作为评论优劣的依据。这是我写作《巴山诗话》的出发点，在《渔渚随笔》中，因为我钟情于严沧浪与王国维的诗论词论，认为严沧浪的妙悟说、王国维的境界说独有见解，在原有的诗词理论的基础上更深化了。

必须细心琢磨，方知其作诗填词之奥妙。所以我用白话文阐释了严羽《沧浪诗话》和王国维《人间词话》的部分精髓章节。

《诗歌的意象、意境、情景、细节》是我在戛云亭诗社的两次诗歌讲座内容，基本定在两个方面：一是什么是诗；二是什么样的诗是好诗。

如果细化后讲，就是诗歌的意象、意境、情景、细节。当时很多诗友把我写在黑板上的题目一看，认为我要讲新诗。其实，新诗和古体诗审美和创作的基调是一致的，都离不开这样创作和批评，如果避开这几个要求去谈诗歌创作就等于是门外汉了。我是既写新诗又写旧体诗词的，对此是深有体会的。

宋词的辉煌是历史发展的必然，诗歌发展到了唐代，有人说已是最高峰而不可超越了，所以宋人只好转而填词，我个人认为这一命题是不够准确的。一种文化现象的出现，必然有其自身出现或者说发展的原因，必然和当时的政治经济环境相关联。唐、宋两朝都是当时世界的强大国家，它们的文化特别是诗歌的发展，都可以说是世界最发达的最好的，只是其特点各有不同罢了。唐重在诗歌的发展，唐代不到三百年时间中，遗传下来的诗歌将近六万首之多，独具风格的著名诗人也有五六十个，初唐四杰开始对齐梁时代的形式主义诗风反对，陈子昂明确提出"风雅比兴""汉魏风骨"的复古口号，并在复古中实现革新，盛唐时期除出现李白、杜甫两个伟大诗人外，还有以王维、孟浩然为代表的田园山水派诗人，以高适、岑参、王昌龄为代表的边塞诗人，中唐白居易、元稹等继承杜甫现实主义传统，进一步主张"文章合为时而著，歌诗合为事而作"的新乐府运动，中唐安史之乱后，唐朝日渐衰落，韩愈、孟郊笔力奇险生新，李贺浪漫幻想、秾丽色彩并出人意料的诗歌表现，刘禹锡的由巴蜀民歌演变的《竹枝词》，都有其一派的代表性。晚唐杜牧、李商隐的诗歌成就最大，在艺术上又有新的突破。唐代诗人在无拘无束的环境下直抒胸怀，意象空灵，就是在安史之乱中，诗人都可表达自己的观点，用诗的形式抒发感叹。宋人却与唐人不同，表现显得含蓄，从字词中阐述深层的情感，并且在经济空前发展的基础上尽情地享受生活。市井中茶楼酒榭遍布，舞女歌妓盛广，达官贵族和富贾享乐之风盛行，北宋文学与音乐配套就不需要轰轰烈烈，从而造就了婉约之风。

在晚唐、五代时期，文人在民间曲子的基础上进一步地发展了宋词。宋朝特殊的历史背景导致了宋词的空前繁荣、发展和提高。不难想象，唐诗发展到宋朝必然要有新的突破，婉约词风的含蓄内敛和宋诗的理趣同样是受到程朱理学思想影响，诗人们本身就具备了哲学家的气质，所以文人们自觉与不自觉的创作风格便形成了与唐诗不同的表达方法，婉约、含蓄是宋朝诗词的主流。虽然到了苏东坡开创了新的豪放词风，那也是因他在政治上几次受到严重的打击，而为了把内心情绪发泄，又不敢直露，只好把对人生的认识隐匿词中而借物抒怀而已。东坡词同样是婉约词更多于豪放词的，他的豪放，也是与屈原、李太白那样直抒胸怀不同的。宋词婉约和豪放不同的两派词风的辉煌是历史发展的必然，不是唐诗不可超越，是一种适应社会发展的必然。任何时代都有着与其发展需求相关的事物产生，并没有终止和不可超越的现象存在。

《新乐府和新国风之比较》，现实主义诗歌在不断的发展中形成了不同的派别与风格，自乐府、新乐府再到今天网络时代中提倡的新国风，正是诗人利用现实主义诗歌面对社会、面对时代、面对人生来表达真实情感。虽然说都是现实主义诗风，但都有其不同的一面来描述时代。新乐府运动是中唐时期的一场诗歌革新运动。关注社会、关注民生是新乐府运动的出发点，实现诗歌的平民化写作是这场运动的实质性目的。新国风在现在也可以说是在继承新乐府的基础上，更接近老百姓的一次推进。它秉承"饥者歌其食，劳者歌其事"的传统精神，站在民众的立场，用凝练的语言、流转的韵律表达抒发自己对于当代生活的切实感悟，并力求达到晓畅明白却又内蕴深厚的艺术效果。新国风与以往"新乐府"等现实主义流派的分水岭在于作者的平民身份与立场。新国风是老百姓写老百姓，眼光是平视的，新乐府是士大夫的眼光写老百姓，作品的本质是为"饥者歌其食"，为"劳者歌其事"。

传统诗词评析包括诗集的序言以及单首或多首诗词的评析。其中有多个诗人的作品值得细心去读，如《有境界自成高格》《读古人＜咏观音峡＞律诗》《万源石冠寺几首律诗赏析》《用简短的形式阐释多彩的生活》《浅析安全东先生一组五律》《时将旧土换新沙——简析冉长春先生几首七绝》《清露一枝新》《读曾宪煮先生的几首散曲小令所感》《两种处境，两种情怀》《赋得泉细寒声生夜壑》《百岁诗翁》等等，我都作了评析。或许，由于评析者的评赏角度不同，难免会与作者创作的本意存在一定的差距，对其诗词的意境评析得不够也是存在的。

用传统诗词理论，加上评析者用个人的审美角度评析现代人创作的诗词，把发现的好作品推荐给广大读者，并用最易懂的语言阐释，便是《巴山诗话》的最大特点。

时至今日，旧体诗发展状况不是很理想的，要么是钻到古人堆里不能自拔，要么是"老干体"，真正能让读者一唱三叹，能流传下来的好作品太少。《巴山诗话》中的传统诗词理论文章，在借鉴总结前人理论的基础上，把妙悟、境界、神韵更具体到创作诗词中的空灵上，使诗词的艺术价值得到升华。《巴山诗话》中评析的传统诗词如再读李清照的《声声慢·寻寻觅觅》，读杜甫《秋兴八首》最后一首等都有着不同以往评论家的观点，是具有学术研究价值的。《宋词的辉煌是历史发展的必然》也与以往的认识有所不同。

《巴山诗话》其价值在于是一部具有指导传统诗词创作，新时代少有成编的理论和具体评析的诗话作品集。

2016 年 7 月于渔渚山庄

目录
CONTENTS

渔渚随笔

一、传统诗词理论，从形成到成熟，经过了近两千年不断总结与完善，才成为诗词创作的理论依据；才成为诗词欣赏的理论依据；才奠定了传统诗词颠扑不破的在诗学中的位置。时至今天，对旧体诗词的品评，依然是用这些理论作为评论优劣的依据。

二、传统诗词创作与品评理论，自魏文帝曹丕《典论·论文》开始，历经西晋陆机的《文赋》、齐梁刘勰的《文心雕龙》、钟嵘的《诗品》、沈约的《四声谱》等等后，这些理论著作对诗歌体裁、音韵、技巧、风格等各方面都有了比较系统的阐述，终推成唐代诗歌集大成，成为中国诗坛的黄金时代，从而形成了不同风格、不同流派百花齐放的诗坛景象。

三、宋代严羽的《沧浪诗话》，更是一部有系统、有创见的诗歌理论著作。严沧浪所言，学诗的人要以识见为主，入门要正，取法应该高，要以汉、魏、晋、盛唐的诗人为师。作诗取法其上，仅得其中；取法其中，定得其下了。学诗的功夫要从学习最好的作品开始，决不可从低下的作品学起。对李白、杜甫的诗集反复研读，然后广泛汲取盛唐名家诗之精华，酝酿于胸中，时间长了就自然深入领悟作诗的奥妙了。

严沧浪所言作诗的方法有五种：体制、格力、气象、兴趣、音节。诗的风格有九类：高、古、深、远、长、雄浑、飘逸、悲壮、凄婉。作诗的用力处有三个：起结、句法、字眼。诗的总的风格类型有两种：从容不迫和沉着痛快。诗歌创作的极致有一样：入神。作诗而能到入神的境界，这就到顶点了！

严羽说禅道在于妙悟，诗道也在于妙悟。"妙悟"是不能靠语言文字来解说，不能用逻辑思维来推理论证，只能靠学习者的聪颖去心领神会。

或许可说是与生俱来，天生而成的。诗歌作为一种通过审美境界反映生活的艺术，它的创作方法是不可言传，只能意会的，只能靠诗人对外界事物接触中的直觉感受。有了这种感受，就能顿悟诗法，这就是严羽论诗的"妙悟"。作诗要有另一种才能，这与读书学问没有关系；作诗要有另一种兴趣，这与抽象说理没有关系。

诗歌，是吟咏情志心性的。盛唐的诗人作诗，只在诗的意趣，有如羚羊挂角，无迹可求，所以他们诗歌的美妙之处清莹澄澈，玲珑剔透，别人难以接近，好像空中的音响、形貌的色彩、水中的月亮、镜中的形象，言有尽而意无穷。宋代很多人对诗歌写作有特别的理解领会，于是以文字为诗，以议论为诗，以才学为诗。以这些东西写诗，（写出来的诗）岂有不工整的呢？然而却终究不像古人的诗了。原因在于缺少一唱三叹的委婉的韵味啊！而且他们的诗作大多致力于使事用典，不追求兴致情韵；用字必有来历，押韵必有出处，读完全篇，也不知诗的主旨落在何处。

四、沧浪先生对诗歌的入神没作细致阐述，其意是诗歌达到入神的境地便是最好的诗了。我理解是，立意高标，有意无意中信手得来，表现无斧凿之痕，用语新奇而与众不同，有言外之意。

五、沧浪先生所谓妙悟，天才论也！无心性之人虽终生努力，实难知道其妙悟之奥妙在何处，妙悟是无方法可掌握的。能妙悟之诗家，定能写出入神的诗歌来。

六、沧浪先生言唐人作诗的意趣，他作了形象化的比喻："盛唐诸公惟在兴趣，羚羊挂角，无迹可求。故其妙处，透彻玲珑，不可凑泊，如空中之音，相中之色，水中之月，镜中之像，言有尽而意无穷。"我理解是诗的一种空灵。文以写实而诗应虚空，让读者拓展其想象空间。

七、王国维的《人间词话》结合中西文艺理论，把多种多样的艺术境界划分为三种基本形态："上焉者，意与境浑；其次，或以境胜；或以意胜。"王国维比较科学地分析了"景"与"情"的关系和产生的各种现象，在中国文学批评史上第一次提出了"造境"与"写境"，"理想"与"写实"的问题。

王国维提出了"境界"说。他不仅把它视为创作原则，也把它当作批评标准，论断诗词的演变，评价词人的得失，作品的优劣，词品的高低，均从"境界"出发。"有境界，则自成高格，自有名句。"他又说："境非独谓景物也，喜怒哀乐亦人心中之一境界。故能写真景物真感情者，谓之有境界。否则谓之无境界。"

王国维提出"理想派"与"写实派"。然而这两种创作方式又常常互相结合起来,形成一种新的创作方法。在这种境界里,"二者颇难分别,因大诗人所造之境必合乎自然,所写之境亦必邻于理想故也。"自然与理想熔于一炉,"景"与"情"交融成一体。王国维认为,这是上等的艺术境界,只有大诗人才能创造出这种"意与境浑"的境界。

王国维说:"大家之作,其言情也必沁人心脾,其写景也必豁人耳目,其词脱口而出,无矫揉妆束之态。以其所见者真,所知者深也。诗词皆然。持此以衡古今之作者,可无大误矣。"

八、我钟情于严沧浪与王国维的诗论、严沧浪的妙悟说、王国维的境界说独有见解。必须细心琢磨,方知其作诗填词之奥妙。

九、明代胡应麟《诗薮》的诗学颇为缜密,"兴象风神"在胡氏诗学中亦是基本命题所在。胡应麟屡屡以之分析、评价历代的诗作"得之无意",正是"兴象"的取象方式。"兴象"之外,胡氏更重"风神"。如果说"兴象"更多地以之品评汉诗,那么,"风神"则更多地用来品评盛唐之诗。如他所说:"盛唐绝句,兴象玲珑,句意深婉,无工可见,无迹可寻。中唐遽减风神,晚唐大露筋骨,可并论乎?"(《内编》卷六)"风神",指一种好诗所具有的风华神韵,类于严羽所谓"兴趣"。

十、诗"体有万殊,物无一量,纷纭挥霍,形难为状。"(《文赋》)诗篇要做到"藻思绮合,清丽千眠,炳若缛绣,凄若繁弦。""吟咏之间,吐纳珠玉之声;眉睫之前,卷舒风云之色。"(《文心雕龙·神思》)

十一、作诗先得佳句,先觅得佳句,然后连缀成篇,才有可观的诗。谢茂秦言:"诗以佳句为主,精炼成章,自无败句。所谓善人在坐,君子俱来。"又说:"范德机曰绝句则先得后两句,律诗则先得中四句,当以神气为主,全篇浑成,无馈钉之迹,唐人间有此法。"(《四溟诗话》)

十二、诗要乘兴而作,有了诗兴,然后构思,就容易得到好句。黄山谷说:"诗不可凿空强作,待境而生,便自工耳。"(《诗人玉屑》)谢榛亦云:"诗有天机,待时而发,触物而成,虽幽寻苦索,不易得也。"(《四溟诗话》)

十三、今人创诗歌有"老干体",所谓"老干体"其表面意可认为是老干部所作的诗歌,其实不然,作此体之人可谓多矣!"老干体"诗歌写作可以说是作报告式、标语式、唱词式，枯燥乏味，无形象化的不叫诗歌的诗歌。

十四、写传统诗要有象喻性。所谓象喻性，不是西方诗歌中形象于情意之间那种象征或寓托，是中国诗歌里的情意与形象之间的关系，是诗人的内心与外物之间的关系。用心灵和精神去体会万物，而不是用我们的身体和官能，是心神相遇，是以神行，是把你的精神、感情、意志，都结合在里边的一种写作方法，所写的内容也有三个层次，那就是感觉、感情和意志。王维的诗写得好，李商隐的诗也写得好，然而王维的诗很难说有什么象喻性，李商隐的诗虽然说有，但他象喻的是他个人的感情。杜甫的诗歌，只要你细心去领会，字里行间处处有他感情的流露，而且无不充满着象喻性。如果再把象喻这个词定得再狭隘的话，也就是说，不是只要一个物象能够表达一种感情就是象喻，而是你一定要在这个物象之中还表现一种理念，那个才是象喻。

十五、古人对诗词作法的要求和对诗词优劣的评价，都非常精到。不知读者注意到否，他们大都是以诗词本身论诗词，除了"新乐府"派把诗歌提升到"文章合为时而著，歌诗合为事而作""饥者歌其食，劳者歌其事"和宋词到南宋后期以辛弃疾为代表的填词要"抚时感事"外，几乎都是从诗词艺术上断优劣的，我们今天品味诗词应该把诗词的时代性、现实性结合起来品评才完整。现在网络中或是社团办的刊物中，有些诗歌或是词，一片叫好声中，我读后不知是古人写的呢，还是今人的作品？所以我在浅析诗词作者的作品时就应用了诗词的时代性、现实性、艺术性结合起来品评这种观点。

十六、古人言，图画悦目者也；声乐悦耳者也；诗歌悦心者也。今论诗歌与之绘画、音乐有其内在联系，因为它们同样是绘声绘形。它们也有不同之处，绘画是描绘在纸绢上的图像，而诗歌是浮在读者心灵上的图像；音乐是响在空间的旋律，而诗歌是响在读者内心的旋律。

十七、我对比、兴的理解更简单，比是用一种事物来比喻另一种事物或情绪；兴是因某种事物而寄托或感慨。比、兴是形象表达，是区别直述的赋体。

十八、关于写诗"躲猫猫"。记得小时候我爱和小伙伴玩躲猫猫游戏（捉迷藏），一般都是吃过晚饭才出来玩的。有一次我躲到离游戏地较偏的地方，那里还有一堆草，我就钻进草堆里，开始小伙伴很有兴致地到处找我，可怎么也没找着，于是就回家或玩其他游戏了。我一直躲在草堆里，自认为不被找到就是胜利，可是小伙伴们就再不想和我玩了，我也在草堆里睡着了，直到母亲扯破嗓子到处找我才把我叫醒。

前些时候和几个诗词界的朋友一起喝茶，听他们谈到，今天很多诗词读几遍都不知道在说啥，云里雾里搞不懂，还比喻成这是在躲猫猫。可是有些写诗者说这才叫诗。我认为作诗"躲猫猫"不好，读者看一次不懂，再看一次还是不明白，好事不再三，你说你这诗写得如何好，可读者读不懂就没有兴趣再读下去了，不知道他们是学问大的原因呢，还是在那里炫才：写诗用典多而生僻，古典、今典相映？当下，有很多年轻的知识分子也爱好传统诗词了，这是好事呀，但是他们写的比老年人写的还古典，几乎是唐宋了，也读不懂诗的寓意是什么。你说还有谁愿看你写的诗呢？把这类诗比作躲猫猫是再恰当不过了。

十九、"吃别人嚼过的馍没味道"这句名言，我很早就知道，不同的人做不同的事都可用其寓意来说明不要复制别人做过的东西。文学创作也是这个道理。写小说的必然要有新的人物形象出现在文学画廊之中，栩栩如生地展现在读者面前；写散文的必然要有自己最新的发现；写诗词的（包括写新诗）我认为必然要有新的立意、新的意象、新的角度、新的语言。吃别人嚼过的馍没味道。

有一些人总认为自己的诗词写得很好，的确读起来也还过得去，也找不出有什么毛病，但是你想过没有，你的立意是否是最新的？是否有别人立意过的痕迹？如果有，我建议立即枪毙了重新立意。能流传下来的诗歌，虽然有很多是写春的、写秋的、写月的、写梅花的，你能找出它们有相似之处吗？作者无不在写作时寻找新的意象来表达新的立意。不知道大家意识到否，为什么当下的诗词几乎有相当大一部分是"老干体"？其原因就是在立意上赶时髦正面写重大题材，殊不知这类题材如果角度选择不好就一定会写成"老干体"，就一定会写成空洞无物的口号。这类题材不是不可以写，而是如何把它写好，写得形象生动。举几个例子，如冉长春先生歌颂毛主席的七绝诗《望北大图书馆怀毛公》："日暮何人不得眠？新灯次第到窗前。凭谁照夜明如昼，应是图书管理员。"写抗战《过卢沟桥》："残痕欲觅访频频，说得分明有几人？自把相机长拍摄，石狮一睹一回新。"读这两首七绝，同样是写重大题材的，你不觉得是"老干体"吧？所以写这类题材如果是"老干体"的话，肯定是雷同的一路货色立意！所谓新的语言，就是当下的、崭新的与众不同的语言，时代已经把新的词汇，新的语言赋予我们，那么我们就应该大胆地使用新的成熟的词汇、语言，只有在写作中运用时代的语言，写当下的人和事才更能打动读者。

吃别人嚼过的馍没味道，一句话就是出新！

二十、摘沈德潜《唐诗别裁集·凡例》中所云："诗不可无法。然所谓法者，行所不得不行，止所不得不止，而起伏照应，承接转换，自神明变化于其中。若泥定此处应如何，彼处应如何，则死法矣。试看天地间水流自行，云生自起，何处更著得死法？"我之理解"行"者，乃诗意之贯通也。言之诗意该行则行，该止则止，起伏承接都在自然之中形成。如果拘泥于此处该怎么样彼处该怎么样，而不自然贯通则死法也。作诗就要像天地间水流自行，云生自起，哪里有死法的迹象呢。沈又云："诗贵浑浑灏灏，元气结成，乍读之不见其佳，久而味之，骨干开张，意趣洋溢，斯为上乘。若但工于琢句，巧于著词，全局必多不振。故有不著圈点而气味浑成者，收之；有佳句可传而中多败阙者，汰之。"所言作诗要大气，无雕琢，自然所成，乍读不见其好在哪里，慢慢品来就觉得有味了，整体匀称，点准主旨，充分显露出诗的意境来，这就是上乘之作。如果只工于琢句，巧于用词，就整体诗歌来看有很多处理不协调。所以，没有被圈点而气味浑成地留下来，有佳句可流传，然而诗中有很多失之偏颇的地方就不是上乘的好诗了。沈再云："唐人诗无论大家名家，不能诸体兼善。录其所长，遗其所短，学者知所注力。"此处点明作诗者不可能样样皆能，就是唐人名家大家都不能诸体兼好，所以我们要学习他们擅长的体制，不学他们不好的体制，学习的人要知道在哪里下工夫。劝当下作诗者，一定要按照自己所长而下工夫去学作诗，万万不可盲目学习。

诗歌的意象、意境、情景、细节

夏云亭诗社要我在五月里搞两次诗歌讲座，所讲内容自己定后告诉诗社，我思考了下，要讲的内容基本定在两个方面：一是什么是诗；二是什么样的诗是好诗。细化后就是诗歌的意象、意境、情景、细节。

很多诗友把我写在黑板上的题目一看，认为我要讲新诗。其实，新诗和古体诗审美和创作的基调是一致的，都离不开这样的创作和批评的，如果避开这几个要求去谈诗歌创作就等于是门外汉了。我是既写新诗又写旧体诗词的，对此是深有体会的。我们就讨论旧体诗词吧！

诗歌的意象、意境

一、什么是诗歌的意象

1. 诗歌（不论新旧体）作者为了表达自己的情感（诗的核心是情的释放），又不想直接表达的时候，就用一些景物、物品等来表达，这些景物和物品就是意象。

严格地说，意是诗人主观的，而象则是客观的物，两者有机的组合才形成诗歌所需要的表达方式（意象就是诗词中的名词，或名化的词组、短语）。

2. 意象是构成诗歌的一些具体的细小单位。如马致远的《天净沙·秋思》，"枯藤老树昏鸦，小桥流水人家，古道西风瘦马。夕阳西下，断肠人在天涯。"叠用九个意象，组成一副弥漫着阴冷气氛和灰暗色彩的秋郊外的夕阳图，从而烘托出浪迹天涯游子思念故土的彷徨情怀。

又如："若问闲情都几许？一川烟草，满城风絮，梅子黄时雨。"一川烟草、满城风絮、梅子黄时雨都是很具体的意象。以江南景色比喻忧愁的深广，以面积广大喻愁之多，"满城风絮"以整个空间立体地比喻愁之深广，"梅子黄时雨"以连绵不断比喻愁之时间长和难以断绝，兴中有比，意味深长，被誉为绝唱，贺铸也因此而有"贺梅子"的雅号。

又如："今宵酒醒何处，杨柳岸晓风残月。"杨柳岸、晓风、残月三个意象更是道出了词人与恋人恋恋不舍，借酒浇愁，望借醉来忘掉离别时的凄楚感伤。

3. 意象有几种描写性的静态意象，如茅屋、笠翁、孤舟、断桥等。叙述性的动态意象，如云破、月升、花弄影等；比喻性的意象，如"问君能有几多愁，恰似一江春水向东流"等；象征性意象，如屈原诗中的美人、橘树等。

4. 没有意象流动的诗是唱词或快板，我看到有那么一些诗词刊物，为了普及和照顾社团内会员能发表一些诗词，就不分优劣地刊登了，这是情有可原的，大家乐乐罢了，但我们大多数诗歌爱好者可不能把这种诗歌当成效仿的模式。请看吧：

十八大传喜讯

十八大会传喜讯，群英云集举国庆。

新届精英绘蓝图，和谐复兴激豪情。

共建文化先进县

渠江两岸喜洋洋，墨浪诗潮涌賨乡。

玉震金声千万户，共建文化第一强。

这是十足的唱词呢，这类大题材诗是不好写的，在大会上作报告，总结时来这几句顺口溜确是蛮好的。

二、意境

诗人将自己的思想感情和生活场景融合在一起所塑造的耐人寻味的艺术境界，是一种情景交融而又虚实相生的艺术形象。

我认为情境与意象所共同表现出来的一种空间就是诗歌的意境，一首诗歌如果没有了这种情境与意象所产生出来的境界，是很难给人以美感的。我们首先来看一首唐朝韦应物的《滁州西涧》：

> 独怜幽草涧边生，上有黄鹂深树鸣。
> 春潮带雨晚来急，野渡无人舟自横。

这首诗作于作者任安徽滁州刺史期间，写的是春天涧边的景色。起始两句写在涧边的所见所闻，是雨前傍晚涧边的春景，从岸上写出；后两句写雨中西涧的景色，从水中写出；四句诗有静有动，以动衬静，雨前涧边的春景构成一幅幽深的画面，雨中西涧的景色同样也很深邃。两张滁州西涧的画幅，都流露了诗人心情的闲适和恬淡，而读者在阅读这首诗时所感受的这其中的体味，其实就是所谓的诗歌的"意境"。

一首诗歌写出来之后如果不能给人以很好的意境美感，那就不能算作是好诗，好的诗歌必定能给人以美的享受，不论这种享受是喜的还是悲的，是明的还是暗的。我们再来看一首唐朝杜牧的《寄扬州韩绰判官》：

> 青山隐隐水迢迢，秋尽江南草未凋。
> 二十四桥明月夜，玉人何处教吹箫。

相传扬州有二十四桥，一桥一景，各具特色，美不胜收；又一说二十四桥即吴家桥，古时有二十四位美女亭亭玉立在桥上吹箫，因此得名，现坐落于瘦西湖里面。杜牧这首诗以调侃的口吻，询问在扬州为官的友人韩绰，在这秋深月明之际，你是否在与你的红颜知己们吹箫按曲呢？这里将想象中的情景与传说巧妙地重叠在一起，令人仿佛想见到吹箫的美人冰清玉洁，风情万种，依稀听到悦耳的箫声如泣如诉，散布于月光如水的南国秋夜，诗境空灵虚幻，美妙绝伦。即使是没有去过扬州的人们，读到此诗，也定然会在脑海中浮想联翩，那美丽的情致久久萦绕在身边……

意象是构成诗歌意境的一个必不可少的重要元素或条件。但意境与意象是不能混为一谈的，二者从严格意义上讲是两个不同的概念。"意象"是经过诗人思想、情感和想象重新把握与处理过的感觉，它是感觉材料的主观处理，是诗篇中最具体、最细小的形象单位，意境相比之下范围较大，通常指整诗所构成的一种境界，意境是表现诗歌艺术成就的重要显现。以上所举例子足可说明。

三、诗歌的情景

情与景，是诗歌创作的两个要素。"景乃诗之媒，情乃诗之胚""孤不自成，两不相背"（谢榛）。情因景生，景以情合，二者相互生发与渗透，从而达到融合无间的状态，于是美妙的诗歌意境便产生了。

诗歌的情与景我们分五个具体的方面进行讨论：触景生情、融情于景、情景相生、显景隐情、显情隐景。

1. 触景生情：受到眼前景物的触动，引起联想，产生某种感情。如达州诗人安全东的《拟秋望》："万里长空一镜凉，晚来云树共苍苍。儿孙更在南云外，独立柴门数雁行。"触秋景而生思情至深！

再如达州诗人李荣聪的《大西洋边看夕阳》："妻儿嬉戏大西洋，独坐沙滩看夕阳。西落东升过旧宅，当知老父起眠床？"触动客居美国观夕阳而生思念家乡老父之情。

又如唐朝诗人崔护《题都城南庄》："去年今日此门中，人面桃花相映红。人面不知何处去，桃花依旧笑春风。"触桃红而思故人。

"泪眼问花花不语，乱红飞过秋千去。""今宵酒醒何处，杨柳岸，晓风残月。""忽闻江上弄哀筝，苦含情，遣谁听！菊花凋落恨秋凉。晚风怅，独相望。""郁孤台下清江水，中间多少离人泪。"古人诗词里太多，不胜枚举。触景生情必须有条件：（1）能唤起情感的景；（2）诗人的心理灵敏感；（3）诗人的阅历和因此而产生的丰富的内心世界。

2. 融情于景：明写景，字面都是景语；但是，必须暗含情，即所有景语皆情语也。情感先行，诗人把情注入所描写的景物中；不同的情，也可在同一景物上著不同的情感色彩。

戏答元珍（欧阳修）

春风疑不到天涯，二月山城未见花。

残雪压枝犹有橘，冻雷惊笋欲抽芽。

夜间归雁生相思，病入新年感物华。

曾是洛阳花下客，野芳虽晚不须嗟。

这首诗是欧阳修写青年时被贬至宜昌夷州时的感受，三峡夷州地僻，说眼下虽是二月，但无春的迹象，虽居偏远，但内心更多的是勃勃向上的情绪。所以诗中虽写苦而生愁，但表现的情却是昂扬向上的，胸襟开阔，向往美好未来。

3. 情景相生（情景交融）：这是旧体诗表达方式最多的一种，是情景有机结合，所以旧体诗特别看重情景互相关联，互相渗透的写作。"情景名为二而实不可离，神于诗者，妙合无垠。"（王夫之《姜斋诗话》）抽离感情，孤立写诗，诗就失去灵性和感染力；单纯写情而离开景的烘托，诗就显得不自然，缺少形象性，含蓄性。唯有心物融合，才能写出情景相生的好诗来。我们来读读万源诗人刁达钧百岁生日时写的《期颐感赋》：

百年人生亘古稀，我今何事赋期颐。

青山绿水留鸿影，紫陌红尘印马蹄。

多难焉能摧铁骨，临流好自杵征衣。

闲情一杖黄昏里，满目秋郊拥翠微。

这首诗情景相生，自然纯熟，百岁诗翁发自内心的感慨渗透于景而毫无痕迹，"情景名为二而实不可离，神于诗者，妙合无垠"此论何等的高妙！

达州诗人贾之惠《春日独酌》："临窗独酌望晴空，闲听黄莺鸣柳丛。谁道落红也嗜酒，飘来两瓣入杯中。"这是 1980 年作者写的一首绝句，将思想解放后那种分外舒畅的心情暗示出来。

4. 显景隐情：旧体诗抒情偏重含蓄蕴藉，即"韵外之致""象外之象""不着一字，尽得风流"。诗人的情感倾向几乎不出现在诗的文本中，而是隐于景中。需要读者反复吟咏体味，才能领略其言外之意，从而获得回味无穷的审美感受。

举达州女诗人何智的两首五绝来感受其中的意境。

过乡人居

一

南篱黄柿子，北壁石榴红。

节近人何在，徒嗟一院风。

二

苔老过檐头，篱深谷雀悠。

微风人不见，空绕紫牵牛。

两首虽全写景，可内含之情何其深呀！正如"乡人今何处，背井东南风"两句诗中所表，这两首也把农村现今外出务工、举家迁往、空巢现象日益加重的情景逼真地描绘出来。

枫桥夜泊

月落乌啼霜满天，江枫渔火对愁眠。

姑苏城外寒山寺，夜半钟声到客船。

这是唐朝诗人张继途经寒山寺时，写下的一首羁旅诗。在这首诗中，诗人精确而细腻地讲述了一个客船夜泊者对江南深秋夜景的观察和感受，勾画了月落乌啼、霜天寒夜、江枫渔火、孤舟客子等景象，而作者的羁旅之思、家国之忧，却在诗中暗暗流露出来，是写愁的代表作。

5. 显情隐景：显景隐情体现了抒情的间接性；而显情隐景则更多体现了抒情的直接性。首先，作者要有由真率激发而迸发的情，不可无病呻吟；其次，情要有所依托，仍要有物象、场景、环境等作为抒情的支点，情不能无缘无故、无依无托地爆发。

示儿

死去元知万事空，但悲不见九州同。

王师北定中原日，家祭无忘告乃翁。

　　这首诗不假雕饰，直抒胸臆。表达的是陆游一生的心愿，倾注的是他满腔的悲慨。诗中所蕴含和蓄积的感情是极其深厚、强烈的，但却出之以极其朴素、平淡的语言，从而自然地达到真切动人的艺术效果。贺贻孙在《诗筏》中就说这首诗"率意直书，悲壮沉痛……可泣鬼神。"这说明，凡真情流露之作，本来是用不着借助于文字渲染的，越朴素、越平淡，反而更能示其感情的真挚。再读万源诗人刁达钧两首：

客至

一

义薄云天远道来，柴门有幸为君开。

不辞一路秋容瘦，夜半车声到小斋。

二

遁迹巴山四十年，杜门守拙度清寒。

何期天外春风至，一片温馨陋室前。

　　诗人几十年前下放到巴山渔渚僻村，突然闻老家的旧时朋友驾车夜至，心情激动不已，直抒胸怀写下了客至时的感动。情意真挚感人，语言平朴、明白，艺术效果极强。

四、诗的细节

　　细节描写，是诗中最有情趣、最耐人寻味、最能引起人想象的片段。

　　刘禹锡的《乌衣巷》："朱雀桥边野草花，乌衣巷口夕阳斜。旧时王谢堂前燕，飞入寻常百姓家。"朱雀桥边在旧时是很繁华的地方，现在开满了野草花，乌衣巷更是达官贵族居住和出入的地方，现在在夕阳的斜照下已经没落了，通过这两处居住的细节描写，进一步勾勒出了燕子飞来的细节，将乌衣巷曾经住过的盛极一时的高门大户王谢之家与现今住着的凋敝凄凉背景下的寻常百姓作对比，抒发了古今盛衰的感慨。

　　张籍《秋思》："洛阳城里见秋风，欲作家书意万重。复恐匆匆说不尽，行人临发又开封。"借助日常生活中的一个片断——寄家书时的思想活动和行动细节，异常真切细腻地表达了羁旅之人对家乡亲人的深切思念。"行人临发又开封"意思是：我又拆开了缄上的信封，赶快再添上几句。这一细节"看似寻常最奇崛"（王安石评语）。

两次半天的讲座，和诗友们讨论了这么几个问题，实在话就是我们作诗或欣赏别人的诗，说出好与差总有个依据。当然在实际写诗的时候并不是单纯某一个方面阐述的事，而是几种兼备的。诗友们要求把所讲的内容整理出来，我就拉拉杂杂地写出来，但要说明一点，在课堂上和诗友互动的诗基本没整理进所举的例子，也没有在课堂讲的那样充实、生动，请大家原谅。这是我一家之言，有许多方面还有不同的看法，在这里作个说明。

2015 年 5 月 30 日于渔渚山庄

有关旧体诗词写作实践中的感想

梦冰先生是中国诗词文学论坛的创始人，是著名的诗人、书法家，聪明绝顶，可惜英年早逝。他是我的好朋友，很怀念他。

梦冰先生曾在网络上与我探讨一些有关我们今天如何继续发扬旧体诗词的问题，我把它发出来供大家讨论，也希望大家多提出批评。

我觉得我们所说的问题许多专家学者早就在进行讨论了。据我所知，大概归纳起来有这么几个方面：（1）我们今天如何看待旧体诗的写作；（2）新诗发展所遇到困境的原因；（3）旧体诗今天该如何写作。谈的这几个问题，有许多观点其实是在复述其他人的观点，没有什么新的东西，只能说是赞同他们，或是有不同看法而已，要谈也只能谈自己在写作旧体诗时的一些感受。

中华民族是世界上最大的民族，其人口所占比例在世界上是相当大的。中华民族文化源远流长，在中华大地历经几千年的耕耘，已经根深蒂固。旧体诗词作为民族文化的一种表现形式，在不断地总结和发展中已形成了一种固有的形式，它代表着中华民族各个时期的文化现象，其表现形式有《诗经》、南北朝民歌、古体诗、乐府、今体诗、词、曲等等，这些形式是民族审美心理所承认的，成熟的，已成为各个时期主流的文学形式，它已融化在民族的血液中了。五四新文化运动曾经像铲毒草一样都奈何不了它。

文艺的新时期一经到来，其发展势头勇不可当。我想，这就是旧体诗词存在的必然性吧。正如毛泽东同志所说的"一万年也打不倒"的道理。

新诗是舶来品，从"五四"算起，舶来中国有九十多年历史了。它是西方文化。文字、作品、审美心理无不与民族习惯相匹配。要改变一个民族的文化、审美观念，那是难上加难。可以这样说，中华民族的绝大多数人还没接受这种西方舶来品。纵观历史，许多的地域通过武力是可以占领的，可文化是从来都不可战胜的。文化的融合是通过不断的实验而生存下来的，还要看哪个的基因更强大、优秀。

中西融合，现代人比五四时期更容易些了吧。为什么新诗至今还未形成一枝独放、称雄诗坛的状况呢？为什么新诗不从本身去找原因呢？是崇洋媚外的心理害了他们；是中国人学舶来品那种高高在上的士族心理害了他们；是写新诗人故步自封；是新诗内部那种互不相让，互不学习，互不取长补短，争强好胜害了他们。五四时期，一开始从舶来时的祖宗就排外，就排斥异己。新诗的派别之多，形式变化之快，应接不暇。民间有一句俗话叫作"猴子掰苞谷，掰一根丢一根。"朝一个派别，暮一个派别，各自为政，昙花一现就消沉了。虽然，新诗的探索者们也曾做过许多实验，但都被写新诗的自己人给否定了。

不知道新诗的写作者们是否在把握这样一条真理，不管你采取的哪种形式写诗，所谓的老套筒，或是创新体，文本的或是大众的，写出来的东西别人要看得懂，要与读诗者产生共鸣，写出的东西要感动得了读者。如果只有你自己知道是写的啥，或者说小圈子被一个评论家胡吹一通，那我们写诗还有什么意义呢？还不如关在屋子里去发神经呢。

新诗和旧体诗都处于一个重要的转化时期。今天的旧体诗还没有主流文化领域的地位，基本还处于民间自发活动状况。20 世纪 80 年代中后期一大批有识之士，已察觉到旧体诗不但没有被击退，在民间反而还在蓬勃发展。民间的集会上、相互赠答中、老协的壁报上无处不闪烁其光辉。1987 年迅速地组建了全国性的学会 —— 中华诗词学会（直接受中国作协领导），来指导旧体诗的写作，地方学会也如同雨后春笋迅速发展。二十几年来旧体诗词给自己打下了一片江山。虽然还有阻力，但发展势头迅猛，势不可挡。就目前看，凡是有华人居住的地方就有诗词组织，就有写诗词的人。但是，由于几十年长期处于受压抑的状况，旧体诗的写作不免在今天还处在一个断层上，有高原而无高峰。基本上还是老人在写，在读，新生代的作家没有像老一代作家如鲁迅、郭沫若、巴金、茅盾等一样有着深厚的古文底蕴，在写作现代文的同时写古典诗词也放射着光芒的。

我们爱好写旧体诗的诗友，许多是热情高，水平低，其原因还是基础不好，所谓的"老干体"、唱词、快板之类的诗大量出现，要真正写出形、味、神皆备的好诗来，还要深入学习才行，要写出有自己独特风格的诗来，就更不能浮躁。

我是学习新诗后再学习写旧体诗词的，新诗在捕捉新的意象，潜入生活方面是值得学旧体诗词的诗友学习的，新诗语言的大胆实验、应用也是值得学习的。今天我们学习旧体诗词，在按规矩的先决条件下，写出的诗词不要让读者误认为是古人写的就好了，因为你这样写作，尽管你艺术表现力再好，也应该算不好的诗，算不了成功的诗吧。我在读一些报刊和网络诗词时，经常看见这样的诗词被认为是好诗词，可我们生活在现在的时代，今天所接触到的事物，人们的意识，甚至连语言都与古时候的人大大的不相同了，你生活的层面，你捕捉的意境应该是这个时代的，你写诗词的语汇应该是这个时代的语汇特征，现代人如果仿制古人的东西，那我们写出的诗词还有什么意义可言呢？我在学习写旧体诗时告诫自己，学习古人但不能钻进古人堆里出不来。

网络中有个网名叫书生王霸的诗友，他从理论上提出"新国风"，并把作的新国风作品发给我，我看了很受启发。书生王霸提出了"新国风"这样一个概念，并为之实践，他创作的路子是用现实主义的手法，秉承前人"饥者歌其食，劳者歌其事"的传统精神，站在民众的立场，用凝练的语言，传统的韵律，表达自己对当代生活的切实感悟，并力求达到晓畅、明白却又内蕴深厚的艺术效果。而且是作者把自己融入民众之内，作为一个主角或配角，把亲身经历的，看到听到的，高兴的忧伤的，愤怒的同情的写出来。

其实，我国诗歌发展的脉络，无不是融入到民众之中的。知识分子虽然进行了加工，但都是采风于民众。《诗经》、南北朝民歌、新旧乐府、竹枝词等无不运用通晓明畅的语言来表达。我们读他们的诗歌会慢慢体会出道理来的。陶渊明、李白、杜甫、白居易、刘禹锡他们的诗，根本就没有故意雕凿的影子，信手拈来，随意而发，用语不需注释，几乎和今天的白话诗差不多，有谁读不懂？

我学习旧体诗不但学习旧体诗韵律，更重要的是学习古人忧人之忧，乐人之乐，反映当代社会生活的方方面面。把个人情绪同社会民众联系起来。所以我写的诗，写景不光在写景，状物不单纯状物，都包含着我的情感在里面。

我落笔重点还是在我最接近、最关心的"草根"阶层，是农村，农民、打工仔、棒棒兵、知青、货郎、山村教师、抬工、渔翁、牧童、留守妇、退休族等。只要一闭上眼睛，他们就活生生地浮现在眼前。我的诗几乎一半是写他们的喜怒哀乐，并丰富多彩地体现了这个时代。如《吊太阳》："五月山村人倍忙，清晨刈麦午插秧。心忧日脚西边去，扯捆山藤吊太阳。"再如《春耕曲》："四月山川绿渐肥，声声布谷陇头催。长鞭一甩喝牛急，拉着春阳不让归。"写出农人忙里有乐。《棒棒兵》："棒棒一根挑四方，左肩炎热右肩霜。巴山明月最知己，一样风餐在路旁。"《留守妇》："小池昨夜蛙声急，好雨知时水满堤。农妇披蓑斜戴笠，垅头三月驾新犁。"《后溪渡》："朝渡晨曦晚渡霞，皮包瘦骨老船家。去来多与风霜伍，难度此生哪是涯。"我写出了他们度日的艰辛，但更多的是写出他们内心的欢乐。

《为红衣女孩果园题照》："何事梨花又映红，果园深处闹东风。张张含笑春光脸，锁在今生七彩中。"《驮城元宵夜观放礼花》："万响千支声似雷，礼花簇簇向天飞。不眠老少元宵夜，春讯先从心上归。"《羞夕阳·老协会演出》："轻歌又曼舞，老脸著红妆。拾得童年梦，放声羞夕阳。"等，特别是我写古风，写律诗，更注意运用现实主义的描写手法，把草根阶层从各个角度表现，就不再举例了，在我已出版的诗选中都选了一部分。

前面我已经说过了，没有什么新观点，只是把自己在写作中的感想与大家交流一下，有什么错误之处，还望大家指正。

2006 年 3 月于渔渚山庄

宋词的辉煌是历史发展的必然

这一命题想必很多专家学者都在探讨，我作为一个爱好者把自己的想法提供给大家，从而把宋词的发展史越探讨越明了，这便是我写这篇文章的初衷。

诗歌发展到了唐代，有人说已是最高峰而不可超越了，所以宋人只好转而填词。我个人认为这一命题是不够准确的。一种文化现象的出现，必然有其自身出现或者说发展的原因，必然和当时的政治经济环境相联系。唐、宋两朝都是当时世界中的强大国家，他们的文化特别是诗歌的发展，都可以说是世界最发达的、最好的，就其特点各有不同，唐重在诗歌，初唐、盛唐、中唐、晚唐都有代表性的诗人和代表性的作品。唐代诗人在无拘无束的环境下直抒胸怀，意象空灵，哪怕在安史之乱中，诗人都可表达自己的观点，用诗的形式抒发感叹。宋人却与唐人不同，重在对词的表现，其表现手法显得含蓄，从字词中阐述深层的情感，并且在经济空前发展的基础上尽情地享受生活。市井中茶楼酒榭遍布，舞女歌妓盛广，达官贵族和富贾享乐之风盛行，北宋文学与音乐配套就不需要轰轰烈烈，而是造就了婉约之风。

宋词在晚唐、五代，文人在民间曲子的基础上有了进一步的发展，是因为宋朝特殊的历史背景导致了宋词的空前繁荣、发展和提高。不难想象，唐诗发展到宋必然要有新的突破。婉约词风的含蓄内敛和宋诗的理趣同样是受到程朱理学思想影响，诗人们本身就具备了哲学家的气质，所以文人们自觉与不自觉的创作风格便形成了与唐诗的不同表达方法，所以婉约、含蓄便成为宋词的主流。虽然，到了苏东坡开创了新的豪放词风，那也是因他在政治上几次受到严重的打击而为了把内心的情绪发泄，但又不敢直露，只好把对人生的认识隐匿词中而借物抒怀而已，这也是评论者把他的词说成是以诗为词的道理。东坡词同样是婉约词更多于豪放词的，他的豪放，也与屈原、李太白那样直抒胸怀不同。宋词婉约和豪放不同的两派词风的辉煌是历史发展的必然，不是唐诗不可超越，是一种适应社会发展的必然产生。任何时代都有着与其发展需求相关的事物产生，并没有终止和不可超越的现象存在。

欣赏宋词，我很赞成胡云翼先生编选的《宋词选》（1961年版）所阐述的观点。词本身是一种宴乐。而民间词和文人词有着显著的不同，民间词不限定写闺情，却体现出市民阶层比较广阔复杂的社会生活，这是各种社会和历史时期共同的需要，也正能体现历史时代的面貌。贵族文人恰恰相反，他们逃避现实，只求一时的虚荣，一时的偷安，他们的词便成为歌宴舞榭、茶余饭后的消遣品了，在内容上必然抒发绮靡生活中的艳事闺愁，看到的只是时代的消沉面。

但是，宋词在时代中还是以它强有力的生命力、冲击力，不断地繁荣、发展、提高词的水准。翻阅历史，我们可以清楚地看到，安史之乱后至宋时便结束了两百余年之久的变乱局面，成为一统，形成百年无事的承平时期。相对稳定的局面大大促进了各业的不断增长，城市经济不断繁荣，人口也不断集中于城市，市民文化的主要娱乐方式——音乐，其需要也日益增多，秦楼楚馆，歌词随着需要也进而兴盛起来。

北宋词人欧阳修、晏殊、张先等写作只为是"娱宾遣兴"，词风典雅雍容，非常合乎官僚士大夫的胃口，所谓"用佐清欢"。可见红牙檀板和词作在当时是息息相关的。北宋词人到柳永一变，变为有浓厚的市民气息，受到更广大市民欢迎，柳永发展了长调，展开铺叙，用民间俚语入词，以较为复杂的内容反映中下层市民生活，这不可不说是一个转变。

北宋文人词有俚雅之分，但都没有突破词为艳科的藩篱，内容仍旧局限于男女相思离别之情，靡靡之音充塞整个词坛，风格柔弱无力。

眉山苏东坡一洗绮罗香泽之态，摆脱绸缪婉转之度，使人登高望远，举首高歌，逸怀浩气，超然乎尘垢之外。我们不妨来读读他的两阕著名的词。

水调歌头

丙辰中秋，欢饮达旦，大醉，作此篇，兼怀子由。

明月几时有？把酒问青天。不知天上宫阙，今夕是何年。我欲乘风归去，又恐琼楼玉宇，高处不胜寒。起舞弄清影，何似在人间？

转朱阁，低绮户，照无眠。不应有恨，何事长向别时圆？人有悲欢离合，月有阴晴圆缺，此事古难全。但愿人长久，千里共婵娟。

念奴娇·赤壁怀古

大江东去，浪淘尽，千古风流人物。故垒西边，人道是，三国周郎赤壁。乱石穿空，惊涛拍岸，卷起千堆雪。江山如画，一时多少豪杰。

遥想公瑾当年，小乔初嫁了，雄姿英发。羽扇纶巾，谈笑间，樯橹灰飞烟灭。故国神游，多情应笑我，早生华发。人间如梦，一樽还酹江月。

苏东坡以诗为词，不仅用诗的某些表现手法填词，而且把词看作和诗一样具有言志咏怀的作用。在东坡词中，其内容拓宽了，有建功立业的爱国主题，有富于幻想的浪漫主义精神，有雄浑博大的意境，表现出豪迈奔放的个人性格及其乐观处世的生活态度，前无古人，新天下耳目不为过之。

当然，苏词中也有那种宠辱皆忘的清冲淡远之怀，浮生若梦的醉月乘风之愁。有些词看来胸襟旷达，情绪健康，可其中却隐藏着虚无成分相当浓厚的消极思想。苏东坡诗词合流震撼了当时的词坛，或褒或贬，但影响是巨大的。

再从柳永、秦观至周邦彦，一脉相承，文人词所走的路，形式格律化，周邦彦达到了婉约派集大成者从而成为词坛泰斗。

词至南宋发展到了顶峰。中原的沦陷和南宋偏安的历史巨变，激起了南宋词人的普遍觉醒，整个词坛面貌为之一新，连李清照这位著名的闺阁词人，工于写离愁别恨，而南渡后其作品也随之变化。这一时期出现了岳飞的《满江红·怒发冲冠》爱国题材的词，并成为千古绝唱。辛稼轩、陆游高举爱国旗帜，团结陈亮、刘过等一大批词人，进一步发展了南宋词，他们继承苏东坡革新精神，突出发扬豪放风格，进一步扩大词体内容，使其丰富多彩，汇成南宋一支振奋人心的主流——豪放派。

辛词的特点之一是抚时感事，之二是继承苏词的"以诗为词"进而"以散文为词"，他以纵横驰骋的才力，自由放肆的散文化笔调，发而为词。无不可用的题材，无不可描绘的事物，无不可表达的意境，词的内容和范围扩大了。

　　南宋后期姜夔、史达祖、吴文英继承了周邦彦的词风，也形成了一个以格律为主的宗派词派。

　　不管是婉约派还是豪放派词人，不管是反映士大夫们的"娱宾遣兴"或偷安的消沉生活，还是抚时感事或爱国精神，都用词的形式把宋朝的整个面貌展现出来了，文学的功能反映社会的目的已经达到。所以，宋词的辉煌是历史发展的必然。这里再啰唆一句，其实宋诗也有其自身的特点，隐于情景中的理趣在诗的领域独放光彩。梅尧臣、黄庭坚、陆游、范成大、杨万里一大批诗人在诗坛留下了不朽之作。所以，宋词的辉煌是历史发展的必然。

2014 年 3 月于渔渚山庄

如何辨别诗的优劣

　　辨别诗歌的优劣，这是一个不好说的话题。前人说了诗无达诂，怎么能随便下结论哪一首好哪一首次之呢？况且，如果诗人们的诗歌成熟后，形成了自己独特的风格，受到读者的欢迎你还能说他不好吗？苏轼也说"元轻白俗"我们能不能这样去认识呢？"新乐府"影响之大，继承者之众，无可厚非。杜甫的旷世之作《秋兴八首》三尺童子皆能诵读，诗家拟作大有其人，但是也有"王元美谓其藻绣太过，肌肤太肥，造语牵率而情不接，结响奏合而意未调，如此诸篇，往往有之。"（仇兆鳌《杜诗详注》）难道能否认"杜诗取材宽广，风格遒上，整体阔大沉雄，高视一代，虽不免有粗率生硬之处，然则实无轻佻偏狭之失"吗？今日诗家作诗，浮躁者居多，不从基础学习，不去掌握作诗的基本要领，不去广泛读书，看见别人写诗，觉得简单，四言八句凑合，殊不知写出来的诗不是诗，或写成口号，或写成"老干体"，自己不觉得，人家读了反胃。

　　为了我们更好地掌握如何把诗写得更好一点，这里各录两首前人的绝句和律诗评述，提供给大家学习。

陇西行

陈陶

誓扫匈奴不顾身，五千貂锦丧胡尘。

可怜无定河边骨，犹是春闺梦里人。

凉州词

王翰

葡萄美酒夜光杯，欲饮琵琶马上催。

醉卧沙场君莫笑，古来征战几人回。

明王世贞《艺苑卮言》却说:"晚唐陈嵩伯(陶)《陇西行》'可怜五定河边骨',用意工妙至此,可谓绝唱。惜为前二句所累,筋骨毕露,令人厌憎。若王子羽(翰)《凉州词》葡萄美酒一首,便是无瑕之璧,盛唐人地位不凡乃尔。"

两首皆言咏边塞战事。陈陶诗头两句用赋体直陈,毫无衬托掩饰,不免筋骨暴露,浅率而不含蓄,后两句情深意长,读之使人心魂惨栗,悲痛欲绝。清沈得潜《唐诗别裁集》曰:"坐苦语无过此者,然使王之涣、王昌龄为之,更有余温。"王翰诗前两句纯用形象渲染,夜光杯、葡萄酒、马上琵琶、沙场景色历历在目。后两句道出征夫的心事,醉卧沙场强作欢娱,然而,不禁想起古来许多征战,又有几个生还的呢?征夫的厌战和绝望跃然纸上。以陈、王两诗相比,王诗堪称和氏之璧,其价连城,陈诗则如玉有瑕,价自减半。

再看看这两首写闺怨的律诗:

古意呈乔补阙知之
沈佺期

卢家少妇郁金香,海燕双栖玳瑁梁。
九月寒砧催木叶,十年征戍忆辽阳。
白狼河北音书断,丹凤城南秋夜长。
谁为含愁独不见,更教明月照流黄。

春　思
皇甫冉

莺啼燕语报新年,马邑龙堆路几千。
家住层城临汉苑,心随明月到胡天。
机中锦字论长恨,楼上花枝笑独眠。
为问元戎窦车骑,何时反旆勒燕然。

清沈德潜曰:"云卿《独不见》(《古意呈乔补阙知之》)一章骨高气高,

色泽、情韵俱高，视中唐'莺啼燕语报新年'诗，味薄语纤，床分上下。"(《说诗晬语》卷上一一三)沈佺期之《古意呈乔补阙知之》，诗家公认初唐杰作。而皇甫冉《春思》也是中唐名篇，然而这两首诗自有高、下之分。

《古意呈乔补阙知之》首联用比兴手法，借南北朝萧衍之《莫愁歌》"卢家少妇"起兴，而以"海燕双栖"作比，形象优美动人。《春思》首联则直用赋体，两者相比，比、兴较用赋体直言有味。《春思》第三句"家住层城临汉苑"直言而意尽句中，而《古意呈乔补阙知之》"丹凤城南秋夜长"不但点出住处加上"秋夜长"三字更衬托出少妇无限凄清之感，余意不尽。《春思》第四句，"心随明月到胡天"甚好，也不如"九月寒砧催木叶，十年征戍忆辽阳"意悲心苦，委婉不露包含的意思多。"机中锦字论长恨，楼上花枝笑独眠。"颈联第一句甚佳，用典而不沾滞，二句略带轻佻，不及"更教明月照流黄"句，《春思》尾联以设问作结，意精语工佳句。但还是不如《古意呈乔补阙知之》含不尽之意，见于言外。

四首诗好、次的比较，也许能给我们一些启发。其一，作诗比、兴高于直赋；其二，作诗要通观整体，一首诗中虽有一句甚佳，但构不成整体绝妙不叫好诗。"诗贵浑浑灏灏，元气结成，乍读之不见其佳，久而味之，骨干开张，意趣洋溢，斯为上乘。若但工于琢句，巧于著词，全局必多不振。故有不著圈点而气味浑成者，收之；有佳句可传而中多败阙者，汰之。领略此意，便可读汉魏人诗。"(清沈德潜《唐诗别裁》)其三，作诗，特别是作近体诗，我们还是要依据作诗的法度而行，这是不断地总结和演变形成的，世代公认而行之有效的法度。沈德潜《唐诗别裁》中说："诗不可无法，乱杂而无章，非诗也。然所谓法者，行所不得不行，止所不得不止，而起伏照应，承接转换，自神明变化于其中。若泥定此处应如何，彼处应如何，则死法矣。兹于评释中偶示纪律，要不以一定之法绳之。试看天地间水流自行，云生自起，何处更著得死法？"虽后又说："要不以一定之法绳之。试看天地间水流自行，云生自起，何处更著得死法？"这也是说在不脱离基本架构的基础上随意腾挪变化。

如何辨别诗的优劣，这是鉴于比较成熟的诗的基础上而言的。"诗无达诂"，这是在不同风格的基础上而言的，有说《春江花月夜》一诗压全唐的，有言王翰《凉州词》唐绝句之首的，各持己见。各个时期对待诗歌的评赏，都有时代的烙印，都有着赏析者自己欣赏角度。我们不要一概而论，必须站在客观的赏析角度，去评析诗歌。

2014 年 7 月于渔渚山庄

有境界自成高格

有境界自成高格，此语出自国学大师王国维《人间词话》。

2015 年 11 月 15 日路过达州时，李荣聪教授给我一本胥健先生出版的词集《岁月浅吟》，当时冉长春先生也在，他极力推荐我好好读读胥先生的词。我退休后闲居在渔渚山庄，虽清风明月，浊酒粗茶自寻其乐，然而时代风云也历历在目。读了词人胥健先生的《岁月浅吟》，写了一篇读后感发在 2016 年第一期《夏云亭诗词》上，其中有评说云："胥先生深研宋词，而不被宋腔所束缚，求证而容变，习婉约探豪放，而自成格调。物景、心景皆以自然而成词景，新词新语溶于婉约豪放之中，讴歌时代，记下一个时期的人和事，记下自己内心深处独特的感受。"

今日，重新翻阅《岁月浅吟》，珠玉滴翠、其圆润之声更加沁人心脾。读他的《满庭芳·登峨城山》一词，一下把我的思绪带到苏轼的《念奴娇·赤壁怀古》、明代杨慎的《临江仙》和辛稼轩的《永遇乐·京口北固亭怀古》上去了。不妨把这四首词展示出来，欣赏的同时区分它们在境界上、艺术上的不同。

念奴娇·赤壁怀古
苏轼

大江东去，浪淘尽，千古风流人物。故垒西边，人道是，三国周郎赤壁。乱石穿空，惊涛拍岸，卷起千堆雪。江山如画，一时多少豪杰。

遥想公瑾当年，小乔初嫁了，雄姿英发。羽扇纶巾，谈笑间，樯橹灰飞烟灭。故国神游，多情应笑我，早生华发。人间如梦，一樽还酹江月。

临江仙

杨慎

滚滚长江东逝水，浪花淘尽英雄。是非成败转头空。青山依旧在，几度夕阳红。

白发渔樵江渚上，惯看秋月春风。一壶浊酒喜相逢。古今多少事，都付笑谈中。

永遇乐·京口北固亭怀古

辛弃疾

千古江山，英雄无觅，孙仲谋处。舞榭歌台，风流总被，雨打风吹去。斜阳草树，寻常巷陌，人道寄奴曾住。想当年，金戈铁马，气吞万里如虎。

元嘉草草，封狼居胥，赢得仓皇北顾。四十三年，望中犹记，烽火扬州路。可堪回首，佛狸祠下，一片神鸦社鼓，凭谁问，廉颇老矣，尚能饭否？

满庭芳·登峨城山

胥健

古寨虎踞，峨城雄峙，将军石傲苍穹。沧桑历尽，故垒镇川东。千古几多征战，风云会，谁是英雄？只留下，残垣断壁，几度夕阳红。

登峰极目处，群山竞秀，竹海春浓。喜禽鸟争鸣，草木欣荣。多少如烟往事，休回首，一笑而空。春为伴，山花烂漫，共与舞东风。

《念奴娇·赤壁怀古》上片咏赤壁，着重写景，为描写人物作烘托。前三句不仅写出了大江的气势，而且把千古英雄人物都概括进来，表达了对英雄的向往之情。假借"人道是"以引出所咏的人物。"乱""穿""惊""拍""卷"等词语的运用，精妙独到地勾画了古战场的险要形势，写出了它的雄奇壮丽景象，从而为下片所追怀的赤壁大战中的英雄人物渲染了环境气氛。下片着重写人，借对周瑜的仰慕，抒发自己功业无成的感慨。写小乔在于烘托周瑜才华横溢、意气风发，突出人物的风姿，中间描写周瑜的战功意在反衬自己的年老无为。苏东坡是个旷达之人，尽管政治上失意，却从未对生活失去信心。这首词就是他这种复杂心情的集中反映，词中虽然书写失意，然而格调是豪壮的，跟失意文人的同主题作品显然不同。词作中的豪壮情调首先表现在对赤壁景物的描写上，长江的非凡气象，古战场的险要形势都给人以豪壮之感。周瑜的英姿与功业无不让人艳羡。

《念奴娇·赤壁怀古》一词在写作方法上的主要特点是结合写景和怀古来抒发感情。如上半片对赤壁的描写和赞美，寓情于景，情景交融。下片刻画周瑜形象倾注了作者对历史英雄的敬仰。最后借"一樽还酹江月"表达自己的感慨。全词意境开阔，感情奔放，语言也非常生动形象。这首被誉为"千古绝唱"的名作，是宋词中流传最广、影响最大的作品，也是豪放词最杰出的代表。

"滚滚长江东逝水，浪花淘尽英雄。"《临江仙》开首两句令人想到杜甫的"无边落木萧萧下，不尽长江滚滚来"和苏轼的"大江东去，浪淘尽，千古风流人物"来，以一去不返的江水比喻历史进程，用后浪推前浪比喻英雄叱咤风云的丰功伟绩，然而这一切终将被历史长河带走。豪迈、悲壮，有英雄功成名就后的失落孤独感，又含高山隐士对名利的淡泊轻视，让人感到历史是浓厚深沉的。"是非成败转头空"是对上两句的总结，可看出作者的旷达超脱。青山和夕阳象征着自然界和宇宙的亘古悠长，尽管历代兴亡盛衰、循环往复，但青山和夕阳都不会随之改变，流露出一丝人生易逝的悲伤感。下片在这凝固的历史画面上，为我们展现了白发渔樵的形象，任惊涛骇浪、是非成败，只着意于春风秋月，在把酒谈笑间，固守一份宁静与淡泊。上片由古至今，切入角度大。透过历史现象咏叹青山依旧，宇宙永恒，英雄功业，恰如夕阳，美好短暂。下片甚至可想象成词人的自画像，在老翁形象中寄托自己的人生理想，从中我们可以看出词人杨慎的哲学观是带有老庄道家隐逸、自洁其身学说的。特写镜头的"笑"，也能看出他的睿智博学，使他能够从容不迫地指点江山，评说是非。显现出诗人鄙夷世俗、淡看个人荣辱得失的淡泊洒脱和一种大彻大悟的历史观和人生观。全词有怀古，也有托物言志。该词豪放中有含蓄，高亢中有深沉。在苍凉悲壮的同时，又创造了一种淡泊宁静的气氛，一种高远意境在这种气氛中反映出来。这首词不同于一般登临古迹、触景生情的怀古之作。它写由历史变迁所引起的人生感慨，基调更为积极。这首词最大特点是"清空"，不像苏轼的《念奴娇·赤壁怀古》要涉及具体地点，具体人物，具体事件，"清空"使这首词具有更高的艺术概括力，给人以丰富的联想。其后代人将其置于《三国演义》卷首，十分贴切，令人对三国人物贤愚忠奸、是非曲直，产生许多遐想。也不像杜甫《登高》倾诉了诗人长年漂泊、老病孤愁的复杂感情。所以前人论词说："词要清空，不要质实。"（《听秋声馆词话》）

《永遇乐·京口北固亭怀古》这是辛弃疾于开禧元年（1205年）六十六岁任镇江知府时，登上京口北固亭后所写。词人面对锦绣河山，怀古喻今，抒发志不得伸、不被重用的忧愤情怀，全词放射着爱国主义的思想光辉。

上片怀念孙权、刘裕。孙权坐镇东南，击退强敌；刘裕金戈铁马，战功赫赫，收复失地，气吞万里。对历史人物的赞扬，也就是对主战派的期望和对南宋朝廷苟安求和者的讽刺和谴责。下片引用南朝刘义隆冒险北伐，招致大败的历史事实，忠告当朝韩胄要汲取历史教训，不要草率从事。接着用四十三年来抗金形势的变化，表示词人收复中原的决心不变，结尾三句，借廉颇自比，表示出词人报效国家的强烈愿望和对宋室不能任用人才的慨叹。

全词豪壮悲凉，义重情深。词中用典贴切自然，紧扣题旨增强了作品的说服力和意境美。杨慎在《词品》中说："辛词当以京口北固亭怀古《永遇乐》为第一。"评价是中肯的。辛弃疾登临北固亭，感叹自己报国无门的失望，凭高望远，抚今追昔，于是写下了这篇传唱千古之作。辛弃疾词的语言自由奔放，变化无端。《四库全书总目提要》说："其词慷慨纵横，有不可一世之概，于倚声家为变调，而异军突起，能于剪红刻翠之外，屹然别立一宗。"

赏析了前三位大词人的传世代表作，我们再来欣赏胥健先生的《满庭芳·登峨城山》。四川省宣汉县和开江县交界的峨城山，峰高千仞，山势陡峻，巍峨挺拔，绵亘殊远，蜿蜒至大巴山脉，古为通往四川宣汉的驿道，西汉舞阳侯樊哙兵驻峨城，就险筑城，遗址尚存。有"一夫当关，万夫莫开"之势。介绍了峨城山的有关情况，我们对上片"古寨虎踞，峨城雄峙，将军石傲苍穹。沧桑历尽，故垒镇川东。千古几多征战，风云会，谁是英雄？只留下，残垣断壁，几度夕阳红。"就不难理解其意了。词言峨城古寨如虎雄踞，将军石虽苔藓满布仍然傲对苍穹气势不减。曾记否？此处威震川东，千年来不知道有多少次征战，风云交会，谁是真正的英雄？在残垣断壁中，只有夕阳依旧。对照前三个大词人的词，其立意都是通过怀古追述历史，发表感叹，立意是何等的相似，气势又是何等的恢宏、壮观！我们可以推测，南宋大词人辛弃疾在写《永遇乐》时，明代大词人杨慎在填写《临江仙》时，其立意也许借鉴了苏轼的《念奴娇》。《三国演义》作者罗贯中在开篇就引用了《临江仙》，绝不是没有道理的。读胥健先生《满庭芳》后，我精神一振，大手笔也。那么，胥健先生是否在填写《满庭芳》时，立意也借鉴了他们的呢？至少胥健先生是很熟悉这几位大词人的这几首豪放绝唱之大作。

胥健先生填词也离不开描写、抒情和发表感叹。关键是在下片中，词人们根据自己的身世和处境，所表现的意境就大相径庭了。我们来解读胥健先生词的下片就会知道。

"登峰极目处，群山竞秀，竹海春浓。喜禽鸟争鸣，草木欣荣。多少如烟往事，休回首，一笑而空。春为伴，山花烂漫，共与舞东风。"胥健先生在下片给我们展示的却是让人精神振奋的场景。站在峰峦放眼望，是一派群峰争秀和一望无垠的竹海春色，近处禽鸟不断的鸣叫声伴随草木蓬勃生机，让人欢欣鼓舞。虽然人生难免有如烟的往事缠绕，胥健先生的人生态度却是一笑了之，不愿多去回忆。在这大好的岁月中，要和勃勃生机的春天一起，发挥自己的光和热，让自己的人生如同山花烂漫。胥健先生的《满庭芳·登峨城山》虽然也在怀古，却不忧世，同样是豪壮却不悲凉，感叹却充满希望。或许胥健先生身逢盛世，其一生处事顺当，运行亨通，所以才有如此光明的对词下片的描写和抒情，才有这般立意的高标，这不正应证了王国维的有境界自成高格吗？

我们读的这几首词同是在怀古，但在表现手法上都有不同之处。《念奴娇·赤壁怀古》夹叙夹议夹叹，《临江仙》上片全在议论和感叹，只是下片在叙事和感叹，《满庭芳》多叙事少议论，然在叙事中就能体会到词人要表达的主旨。《念奴娇·赤壁怀古》以诗为词，一扫靡靡风气的闺怨闺愁，而大抒特抒词人个体对时事感受之情，《临江仙》虽然也是以诗为词的创作风格，但宋诗的理趣痕迹较多。《满庭芳·登峨城山》在表现手法上，不得不说更像是南宋辛弃疾以文为词风格，给人以慷慨悲歌、激情飞扬之感。不难看出，在胥健先生的笔下所描绘的自然景物，也有一种奔腾耸峙、境界阔大、感情豪爽开朗之感，而且总是以炽热的感情与崇高的理想来拥抱人生。主观情感的浓烈、主观理念的执着，正是构成胥健先生《满庭芳·登峨城山》的艺术特色。

2016 年 12 月 21 日于渔渚山庄

读古人《咏观音峡》律诗

万源城北行数里，谷深峡险，山峰突兀，绝壁对峙；此处雾云缭绕，纵然是中午时分，日光也是一瞬即过，此地乃观音峡也！古言之一夫当关，万夫莫开之地也不过。观音峡隘关险道，猿难攀，鸟难越，然则，山势雄壮而不失秀美，溪曲折而成流响，十里画廊，天然成趣。

古今文人骚客至此，无不为之感叹，或诗或文总有记游。今单拟古人咏峡之律句，略记赏读之感，以博行家一笑。

首读王舟律句《咏观音峡》五律：

> 风烟迷四野，林木更萧然。
> 隐雾高山险，凌空断石穿。
> 像随水月见，峡共暮云连。
> 莫问家何在，凝神看白莲。

王舟，安徽合肥人，清康熙七年（1668 年）时任太平县知县，此律押平水韵先韵，是写观音峡秋天的景色。说的是风烟把峡的四周全罩着了，看不清楚，生长在峡谷中的树木，叶落了，在深秋季节显得萧瑟。隐在雾中的高山，是十分险峻的。那断壁悬崖中伸出的小道，好像是凌空穿出来似的。傍晚，我和上弦月的影子印在小潭里，清晰可见，观音峡好像与暮云连在一起，时隐时现，你若是要问此山中有没有人家，那你就凝神看看那山中像白莲花一样的云深处，不知道有多少山民居住在里边。

说真的，王知县此律全在写景。首联写暮秋的景是萧瑟；颔联写山景，道出一个"险"；颈联写傍晚时景，吟出了一个"美"；尾联写云景，说出了一个"隐"。

闲暇秋游观音峡，心情是豁达的，此律颈联"像随水月见，峡共暮云连"，一佳联也！他看见水中自己的影子，伴随水中的月相映成趣，再抬头看峡中荡漾的云雾，这峡就似浮于云中的仙境，好美呀！

此律何治世老师也另辟一种赏释，更有玩味之处，抄拟于后。"此律首写烟云弥漫、林木萧条；次写山石险峻，暗喻跋涉艰难；再写暮色中的景象若明若暗，烘托出孤寂气氛；最后伤叹感怀。'像随水月见'当是指物象伴随月亮映现在水中，其中的像不一定是指自己的影子。'莫问家何在'可能是化用韩愈被贬官途中的诗句'云横秦岭家何在'，表达对故乡的思念，其中的家不可能是指此山中的人家。把'凝神看白莲'解作凝神看那山中像白莲花的白云是可以的，但此句似乎更是指凝视庙中观音坐像下的莲花，因为是'看'不是'望'，所以理解为凝神看近景似乎更恰当一些。可以由此联想到观音正坐在白莲上，手持净瓶，引领众生脱离尘世，要到达那荷花盛开的佛国净土。这只是表达诗人自我安慰和自我解脱的一种手法，却绝不是赞赏峡中有如白云飘飞的仙境。看来诗人是以景衬情，似乎流露出了仕宦中有某种不如意的地方。"

古人写观音峡的很多，除王舟外，还有康熙十九年（1680 年）任太平知县的江西人廖时琛、云南拔贡段兴宗、太平县秀才董大策，1924 年川陕督办刘存厚等。

再赏廖时琛的七律《游观音峡》。首联写峡之貌，"怪石嶙峋景最奇，如旗如剑列江湄"。颔联写峡之险，"一夫雄踞千军废，万经踪疏百马迟"，"废"，讲发挥不了作用；"经"，古读仄声去声，有径字意；"迟"，作慢慢讲。颈联"形接汉江秋水阔，势连秦栈暮云垂"，写峡的重要位置，此联中的汉江有误，峡中之水流入后河后再汇入嘉陵江，再到长江。尾联"太平水雪如春暖，此际游人极乐时"，道出峡中游玩的最好时间。此律中间两联最好，有景有叹，气势恢宏，尾联弱软，平铺叙述，无画龙点睛的作用。此律也犯律诗之忌，诗中同字几处，这是律不许的。如两"江"字，两"水"字，三"如"字。

再读段兴宗《题观音峡》之五律："高绝三千尺，嵯峨接太空。双岩开鬼斧，一水导神功。地势蚕丛险，关形虎踞雄。乾坤姿郁勃，秦楚界西东。"

此五律有气势，夸张尽其力而发挥，其颔联很有特色，但直叙无描写，感叹多形象少，学唐诗不足也。

本县秀才董大策的五律《咏观音峡》不失为一好律也：

> 雄关称第一，古峭字犹存。
> 云起将岩合，船来被峡吞。
> 大风寻石门，骇浪拥天奔。
> 履险神偏暇，开襟笑语温。

此律"云起将岩合"的"合"读三声，作动词用，其意是用器具装上；"大风寻石门"，"门"字有误，应为"径"字，其意是名词动用，找路走；或者是与"门"形体相近的只有一个"鬥"字，是动词，仄声，可解作搏斗讲，从各方面看，原诗用这个字是比较合适的，是抄写的人将"鬥"误为"门"。论作诗董秀才是有真才实学的，深通律之作法。首联言其峡是自古峭险之地，并有字记述在石刻上。承句的颔联，将峡之险具体化，此联写得生动、形象，佳联！然而颈联不转而是继续承下，进一步形象化，言峡的险要。尾联是合，但就在最后两句才转合，说出了这险峡之地，偏偏有观音菩萨显得若无其事的样子，其神态永远是温良可掬。

刘存厚虽是一介武夫，但不缺儒雅之风。我所知道的他在万源留下了很具他的特色的诗歌，与其行武军旅作风相适。他的《观音峡》一律，很有督办川陕边防的气魄，"铜城西去峡如坼，花萼北来云已遮。削去孤峰林剑锷，奔流一水走龙蛇。层峦沓峰飞难越，曲栈重关险足跨。自显北门严锁钥，凭陵秦陇控三巴。"此律首联和尾联的确不一般，气概恢宏远大，也把军人的眼光暗于诗中，跨字读阴平。可惜的是刘督办也犯了廖知县同样的错，即在一律中重字几处，如两个"北"字，两个"去"字，两个"峰"字。

所举古人写观音峡的几首律诗，虽在写时因各自驾驭诗文的能力不同，各自社会阅历不同，各自的性格不同，在表现同一题材上难免有不同之处。但是各有特色：有的情景结合；有的情隐于景中；有的擅长描景；有的擅长抒情，都给我们留下了很深的印象。现代人再去观音峡游玩，虽说经时代琢磨，但古峡形影，神韵俱在，其风韵犹存，如亲身入峡，倍感欣喜。如果带着追忆历史，探寻文化的心理而去，观音峡会更有游赏的价值。

2009 年 3 月于渔渚山庄

万源石冠寺几首律诗赏析

　　大巴山万源地段，有很多风景秀丽的地方，石冠寺和观音峡就是两处不可多得的风景名胜，古今诗人对这两处写下了许多脍炙人口的风景好诗。根据我的理解，想单就描写石冠寺的几首律诗作一赏析，算抛砖引玉吧，同道的或许更有独到的理解与高见。

　　写石冠寺的律诗，目前只读了《万源古今诗文选》中的几首，有前清太平增广生冉百亮、贡生李占林、邓钟衡的《咏石冠子》和清康熙太平知县王舟的《春游石冠寺》以及民国川陕边防督办刘存厚的《石冠寺》六首。

　　读了他们的诗，总的印象是，把石冠寺独特的山水风貌展现出来，并能根据自己所处时代、环境、居处、地位，咏出对石冠寺不同的感受。

　　我去过石冠寺，也旅游到过黄山、庐山、峨眉山、武当山、华山等风景名胜。相比之下，石冠寺虽然名气没有那么大，但也有与这些名山所不同之处，也有值得玩味的地方。古人来万源做官，或本城文人经此间，无不感慨，继成咏叹。

　　我不免把律诗抄录于后共赏。

咏石冠子

冉百亮

两岸危岩相吐吞，锋芒屹立护关门。

祠高百丈悬鱼嘴，路绕千盘暗客魂。

百子填仓占乐岁，神丁凿窦树云根。

舟撑稳贴轻於叶，一任风波极力兴。

　　此七律首联写出远望石冠子的险、危之状，河两岸危岩相互错落，高耸入云的山峰像锋芒一样把守着关门。颔联近距离写出祠的高悬和道路的盘险。一个"暗客魂"生动地刻画出行人走在盘险路上的感受，就像害怕得要把魂丢了一样。颈联用"百子填仓"和"神丁凿窦"两个典故，写出石冠寺乃至万源一带民间风俗。说的是老百姓在元月二十三和二十五这两天，都要举灯燃火，祈祷多子多福和年丰运好。传说这里凿到云雾深处的洞，还是借用古蜀的五丁来凿的。尾联是写石冠寺这里的水和舟，水是滩急浪大，舟是轻于叶的小舟，船工则是最稳帖的舵手。

冉百亮系本县人，也许多次来此游玩，观察得很细微，此律把所见所闻所想的都写进了这短短的五十六字，把石冠寺的奇峰怪壁和风土人情尽情表现出来。虽然，此律工笔写景，但实重虚少，虽声韵工稳，句型多变，但空灵不足。不过，此律也不失为一首好律！

我们再来欣赏王舟的一首五律：

春游石冠寺
王舟

岩前频怅望，旭日上疏林。
鹭立沙洲暖，鱼翻藻荇深。
临风开慧眼，止水证禅心。
万虑从兹静，蛙声当梵音。

首联写诗人从安徽合肥远道来万源做官，并不是多么如意的事，他有种怀才不遇的感觉，其心中灰蒙蒙的，不免就时常挂牵着家人。虽然已是阳春时节，正是出游的好时间，但是，走到石冠寺山岩前，诗人心情并不开朗，仍然寂寞。这时候，一轮红日冉冉从东边长着稀疏树木的山岭升起来了。此联情景相融，心情也随景起着变化。

颔联纯粹写景，写一群白鹭飞立在沙洲上，河中的鱼儿自由地、无忧无虑地穿梭在水草之间，诗人用一字"暖"和观鱼的乐趣表达出内心的喜悦，虽写景却在字里行间言情。

颈联诗人因物而叹。用了两个佛语"慧眼""禅心"来说石冠寺的风、水都能使人到达佛的境界，静静的心灵能使人看到事物的发展变化，从而不产生浮躁。

尾联因有颈联的转，而得出尾联的合，进而发表感叹。因为来到石冠寺这样的圣地，才悟出了人生得失的真谛，使得诗人所产生的那些悲观消沉的，万般忧虑的心情消去，而皈依自然。

王舟的五律，艺术上可以说达到了炉火纯青的境界。五律《春游石冠寺》可以说结构灵动，用语精炼，景中有情，情景交织，诗的形、味、意高度融合，是五律中写景诗的精品。

还有李占林的"半岩仙境自天成，此日登临万虑清"，第一联就写出咏石冠寺的心情来；邓钟衡的"插断河流势欲摧，奇峰怪石出尘埃"很有气势，"树色峭随山色古，风声寒助水声哀"堪称佳联；刘存厚的"南锁烟霞横霸气，北连天马比雄才。屏藩蜀国金汤固，度地何辞入险来。"写出了作为川陕边防督办的霸气和凭险自得的傲慢。

我也学作一首绝学并录于后，恐贻笑大方。

石冠寺距万源城南约十里许，此间石壁支撑如列锋芒，又似鸡冠。壁间乱石叠滩，水流湍急。冠壁不知何年何月何人劲书"秦川锁钥"四大字。今已有汉渝公路、襄渝铁路穿壁而过，然则，今日至此，虽有奇峰怪石相吸，但仍觉毛骨悚然，真乃"一夫当关，万夫莫开"之地，兴占一绝。

穿洞石冠寺

横关锁钥是谁开？太白闻声自宇回。

千载难攀天险路，一道长龙滚滚来。

2009 年 11 月于渔渚山庄

再读李清照的《声声慢·寻寻觅觅》

　　第一次读这首词是在大学学习中国文学史及其作品的时候，距今将近四十年了，今居大巴山渔渚村头，退休后夫妻相携，孙子绕膝，夕辉光照下重新读又别是一番滋味。同样是这首词，在不同的时代对待它，却有不同的阐释。

　　　　寻寻觅觅，冷冷清清，凄凄惨惨戚戚。乍暖还寒时候，最难将息。三杯两盏淡酒，怎敌他，晚来风急？雁过也，正伤心，却是旧时相识。满地黄花堆积。憔悴损，如今有谁堪摘？守着窗儿，独自怎生得黑？梧桐更兼细雨，到黄昏，点点滴滴。这次第，怎一个愁字了得？

　　这阕词的写作背景应该是从宋靖康元年（1126 年）起，由于北边少数民族金国攻陷宋首都汴京，李清照不得不与北宋政权一道被迫南迁。不久，她的恩爱丈夫赵明诚又病逝建康（今南京），李清照在晚年长期过着流亡生活。她的这首词，便产生在这样一种国破、家散、夫亡的孤寡老人的境遇中。

　　古今有许多的名人学者对这首词都作过详细的评说，都在艺术上作了充分的肯定和褒奖。古人评析多从她婉约风格所表现的"闺中之愁"来说明，因她早期的作品几乎都是在闺中思念丈夫的作品，而忽视了这首《声声慢·寻寻觅觅》是南逃后写的，必然有更多层的闺愁交错在其中，特别是 1965 年出版的一些评析文章，说什么"作为一个封建社会饱经忧患，晚年孤独无依的寡妇，她有种难以言传的哀愁是可理解的，在残酷的命运面前表现得这样消极、绝望，说明了她的阶级局限……"（《宋词选》1965 年 8 月胡云翼著），这种因时代原因而产生的眼界狭窄，就是这样著名的专家大学者也无法逃脱，什么都以旧的观点去认识其人其词，未免失之客观。

　　这首词是李清照南渡后的名篇之一，也算是闺情之作，通篇都在写愁怀。早年她的词多在写与丈夫离愁，可那是有盼头的暂时的别愁呀。如她的《醉花阴》："薄雾浓云愁永昼，瑞脑消金兽。佳节又重阳，玉枕纱厨，半夜凉初透。东篱把酒黄昏后，有暗香盈袖。莫道不销魂，帘卷西风，人比黄花瘦。"因想念而词函致明诚。但《声声慢·寻寻觅觅》所述之愁却是死别之愁、逃离之愁；是个人、家庭的遭遇与国家兴亡交织在一起的愁；是与"问君能有几多愁，恰似一江春水向东流。"（李煜词）一样的感受。

　　　　寻寻觅觅，冷冷清清，凄凄惨惨戚戚。

　　前三句十分恰当地表达出了作者当时的心情，此句可说是前无古人后无来者，真有回肠荡气的气氛。七组叠字，所表达的意境是层层推进，这是李清照在艺术上大胆而新奇的创举！

　　寻寻觅觅，是寻觅失去的丈夫；是寻觅失去的欢乐；是寻觅山河破碎怎样补救的方法。这不是在拔高词的境界，我们在李清照南渡后的很多诗文里随处可见。如，"生当作人杰，死亦为鬼雄。至今思项羽，不肯过江东。"的《夏日绝句》和《上兵部尚书朝公》等，都强烈地表现出收复失地的决心和关心现实的心境。

　　冷冷清清，指她所处的环境的冷漠，更进一层地衬托出她心境的孤寂。她寻觅自己精神上的可以依托的安慰，等来的却是处处失望，心就更显冷清了。

　　凄凄惨惨戚戚，这是情绪失落的最高峰，从无可寻觅，进而冷清，再而凄戚，三句十四字分三层递增愁绪。十四字是她个人从寻到结果的整过程全部的内心展现，概括地展现了此词的整个意境。

　　　　乍暖还寒时候，最难将息。

　　指出此词写作是在深秋时节，时热时冷多变的天气，她在陌生之处很不适应，其主要的原因还在心情的不快活反怪天气的不好罢了。诗人多爱借他物来衬自己的情感。

> 三杯两盏淡酒，怎敌他，晚来风急？

在不可寻的情况下只好借酒来消愁，可是"抽刀断水水更流，举杯消愁愁更愁。"（李白词）所谓晚来风急，其实是暗喻她晚年孤寡无依的悲惨，也是借景来言情。

> 雁过也，正伤心，却是旧时相识。

此三句，虽然在实际描写，然而是借物言情，表示悼亡和怀旧。李清照流寓江南，丈夫已去，书信则无人可寄了，见雁过而触景生情感到悲伤。"云中谁寄锦书来，雁字回时，月满西楼。"这是李清照早年寄给丈夫《一剪梅》中的语句，和"征鸿过尽，万千心事难寄。"《念奴娇》中的语句，故称雁是旧时相识。在甜蜜的回忆中有种希望，而今所见，"剪不断，理还乱，是离愁。别是一番滋味在心头。"（李煜）却是绝望！

> 满地黄花堆积，憔悴损，如今有谁堪摘？

仰望雁飞，俯观残菊。菊也曾开得繁茂，甚至枝头都缀满，可在残秋也都憔悴了，如今谁还有兴致摘来戴在头上呢？

> 守着窗儿，独自怎生得黑？

独守窗前，都是叫心酸的事儿缠绕。独自怎生得黑？好像倒霉的事都摊到她头上了，黑不是天黑色也不是人黑色，此黑字是喻心情不振，不畅快，前景一片渺茫。此前，许多学者把怎生得黑说成是天黑，我是这样解释的，李清照用黑字这一险韵，应该是此时此际她的心境一片黑，找不到出路，是寂寞、凄惨、辛酸至极的表现。

真是风急欺人，淡酒无兴，雁思旧时，菊惹新愁！所感所闻所见，使人伤感至极，两个反问句其力无穷。

梧桐更兼细雨，到黄昏，点点滴滴。

秋雨绵绵，独守窗前，到黄昏时点点滴滴打在梧桐叶上，细细的声音在寂寞的人心里更加凄凉。

这次第，怎一个愁字了得？

唉！这一连串的情况，一个"愁"字怎么能说得清楚？说得完呢？

李清照《声声慢·寻寻觅觅》之词文情并茂，意辞双绝，是千古绝唱！她属婉约风格更兼豪放，词开篇连用七组叠词十四字，张瑞义《贵耳集》言"此乃公孙大娘舞剑手，……俱无斧凿痕。"自然妥切，好独创，好大气呀！她用语明白如话，无粉饰，而且大胆起用民间口头语、俗语入词。如"将息""怎敌他""正伤心""这次第""愁字了得"等等。此词巧妙而自然地用铺叙手法，把日常生活概括得突出而细腻，抓住细节渲染，创造出很浓的气氛来。

2012 年 5 月于渔渚山庄

巴渠山水育才情

胥健先生，四川岳池人，现工作在达州市人大委员会。生于 1958 年 7 月，毕业于南充农学院农学专业。中华诗词学会会员，达州市诗词学会名誉主席。胥健先生当过知青，也在农村基层工作过，后辗转岳池、南充、广安、达州四地任职，公务虽繁忙但仍有闲情雅致，作诗填词，修身养性，自得其乐。

在达州，据我所知，迄今为止出版词专著的只有两人，一人是 20 世纪 90 年代洪牧老先生出版的《洪牧词选》，其后便只有胥健先生的《岁月浅吟》了，其偏爱可见一斑。胥健先生撰写的《漫谈填词》（发表在《大巴山诗刊》2014 秋季号），从词的基本概念，词的起源与发展，词的主要特质和怎样才能填好词四个方面作了很细微的阐发，并谈到了他自己在创作词时的感悟，"厚积薄发，求正容变，传承创新，境界至上"有他独到的感受，也可供作词者作很好的参考。

胥健先生"诗梦却情结少小"，虽"宦海卅年浮游，雅趣却寻觅到老"，不能不说他骨子里浸淫在纯正中国文化的溶液中了。

"诗言志，词表情"，从这一特征出发，胥健先生的词呈现出三种堪称可贵的现象。

一是作者的人生态度是积极入世的，用哲学的观点看，他的孔孟儒学观是极强的。他的创作对社会生活中的大事尽量不缺席，并且根据自己的观察、体悟，表达出真实的情感来。

我们先读读胥健先生的这几首词：

念奴娇·汶川抗震

山崩地裂，只顷刻，天府震灾不歇。路阻河塞音讯隔，房舍灰飞烟灭。城镇乡村，车间学校，瓦砾斑斑血。雨哭风咽，悲哉地震难测。

壮也吾民吾国！经磨历劫，抗灾志如铁。恶水险山速飞越，生命高于一切。三军奋勇，同胞团结，亿众血犹热。这般阵列，中华无险不克！

浪淘沙·九三抗洪抢险

天漏史空前，雨撼巴山。汪洋一片浪滔天，地陷岩崩城灭顶，岭断湖悬。众志挽狂澜，后禹新篇。塔沱璀璨舞翩跹。漫步州河洪虐处，花好月圆。

望海潮·观新农村文艺展演感赋

秋高云丽，水天辉映，莲湖景色独妍。染紫披霞，镶金裹翠，舞台融入田园。万众叠人山。看五洲艺秀，四海歌仙。异彩纷呈，乡亲父老尽开颜。

谁言古郡荒蛮？昔凄惶之地，早换人间。竹枝曲柔，巴渝舞劲，宕渠再唱新篇。盛景喜空前。更文经联袂，达海通川。犹显巴人气概，天下勇为先。

齐天乐·观灯会

金龙腾飞中天舞，喷发烟火无数。银凤呈祥，寿星献岁，欢歌此起彼伏。百业宏图，化一路辉煌，万千火树。流光溢彩，亮丽了川东明珠。

曾记寰人远古，更叹盛世殊，又跨征途。一山雄风，两江洪流，再涌这方热土。呼朋唤友，簇拥喜观灯，激情如初。相约明天，一声声共祝。

单从这几阕词看，不管是写社会重大题材，还是民众中一般娱乐的事，他都很关心。他观察得很细微，都能写出打动心弦、振奋人心的作品来。胥健先生这样紧扣时代脉搏，唱响时代颂歌的好词还很多很多，这里就不再过多罗列。

二是对各种风光景致的诗性情愫。胥健先生眼前的自然风光、历史古迹、人文名胜、大千世界，仿佛都对于他有特别的魅力，"登山则情满于山，观海则意溢于海"，令他一路且行且歌，且驻且吟。

我们再品味品味胥先生的这几首词：

减字木兰花·谒西夏王陵感赋

孤烟塞外，王冢几堆沙欲盖。西夏何存？风高月黑惨屠城。

贺兰山下，数代枭雄从此罢。夕照血红，鸣沙荒野泣寒风。

满庭芳·登峨城山

古寨虎踞，峨城雄峙，将军石傲苍穹。沧桑历尽，故垒镇川东。千古几多征战，风云会，谁是英雄？只留下，残垣断壁，几度夕阳红。

登峰，极目处，群山竞秀，竹海春浓。喜禽鸟争鸣，草木欣荣。多少如烟往事，休回首，一笑而空。春为伴，山花烂漫，共与舞东风。

菩萨蛮·游玉印山

州河如带环龙爪，江澄峦翠春光好。榕古寺朝阳，塔高风御香。

城中车马热，山上音尘隔。禅意未曾参，先摘一叶闲。

行香子·翠湖农家乐

水碧天涯，竹染湖汊。隐几许，黛瓦篱笆。晨舟暮钓，采豆摘瓜。看湖中岛，园中柚，蝶中花。

劳当觅乐，忙偶偷暇。问放翁，乐在谁家？呼童访老，共话桑麻。品一壶茶，一杯酒，一盘虾。

虞美人·游华蓥山大峡谷

华蓥山谷清溪美，情醉一沟水。重峡叠涧壁悬泉，飞瀑落虹雷震洞中天。

潭深竹翠蝉鸣处，石乱迷归路，人生纵有几多游，最恋归真返朴沐清流。

如梦令·三亚浴海

椰映月光窗内，夜枕涛声酣睡。梦醒鸟初鸣，踏浪斗波玩水。如醉，如醉，万里海天霞蔚。

西江月·春上井冈山

往昔硝烟不再，当年炮火无踪。访寻战地正春风，百里松涛涌动。

忠骨皆成沃土，层林更绿群峰。杜鹃仍是血般红，似把峥嵘述颂。

三是亲情、友情、乡情的词。我们便可以真实地把词人内心细腻的情感体悟一目了然。作者多年身居"宦海"，少不了经些世态炎凉，还是"渐老亲情尤觉贵"（《清明扫墓》）深有体会，所以他对一切真挚的情感格外珍惜。

一剪梅·寄同窗

十年风雨各西东，往日窗同，而今情同。千里峨眉忽相逢，聚也匆匆，离也匆匆。

山高水远应无怨，蓝天与共，明月与共。他年再会问何期？桃花应红，枫叶应红。

减字木兰花·重返知青点

此情何切！三十三年魂梦叠。依旧幽篁，黛瓦红墙对夕阳。

小桥横立，击水清波犹可忆。寻遍乡邻，笑脸盈盈是故人。

清平乐·避暑亢谷农家

夏炎甚酷，避暑巴山谷。天赐清凉候鸟族，远却尘嚣几度。

朝景醉幽峡，三餐味品鲜瓜。孙女犹缠膝下，情缘更结农家。

蝶恋花·清明扫墓

渐老情情犹觉贵，祭扫先茔，千里清明会。远望家山林叠翠，踏归故土情还醉。

辗转巴山鞍马累，无报亲恩，游子心常愧。春雨纷飞思念泪，清香一炷怀先辈。

他这类至情至性的作品，如《悼友》《话别》《寄同窗》《悼恩师》等都可读。他为其爱妻写的《蝶恋花·贺生日》："此日年年花最美。好雨春风，红蕊枝头媚。白鹤翩翩来贺岁，窗前小鸟歌声脆。今生暗庆逢贤内。似水柔情，把酒人先醉。待月赋诗终不寐，两心相映长相慰。"更是情深至极。

"大家之作，其言情也必沁人心脾，其写景也必豁人耳目，其辞脱口而出，无矫揉妆束之态。以其所见者真，所知者深也。诗词皆然。持此以衡古今之作者，可无大误矣。"（王国维《人间词话》）胥健先生深研宋词，而不被宋腔所束缚，求正而容变；习婉约探豪放，而自走情胜；物景、心景皆以自然而成词景。胥健先生把毛泽东的词作为自己学词的范本，新词新语溶于婉约豪放之中，讴歌时代，记下一个时期中的人和事，记下自己内心深处的独特的感受，我看这或许就是文学，当然包括词的功能所在吧。最后，借用杨牧先生的一句话，来作为结束语，"生命历程中对外部世界和内心世界一次次的诗意驻足。"也是他"在世俗约定形象下以诗性自信赢得的另一种自我生存方式。"

2015 年 10 月 30 日于渔渚山庄

百岁诗翁

　　编完《渔渚诗抄》续集，老岳父叫我再为续集写个序，这可把我难住了。论资历，我是一个学诗刚起步的后生；论水平，只略知平仄、声韵，怎么敢为之作序呢。再翻读了《渔渚诗抄》尹祖健教授所作序，三千余字，洋洋大观，把一本诗抄中的景、情、意分析得透透彻彻，点评得贴贴当当，横比纵论，观点独到，引导读者向诗词意境的纵深去赏析，续集这个序我就更不敢作了。好在我学习旧体诗词是老岳父一手所授，他所写的诗，是我的第一教材，许多时候他也征求我对其作品的看法，我常说，不敢不敢，只能是学诗断想。好，作序不得，就把平日时间的学诗体会交流一下，和广大吟友、读者共同探讨、学习。用了"百岁诗翁"这个题目，需给大家解释一下，老岳父今年已101岁了，不但寿而康，而且还能看书看报，吟诗作对，这算不算古今中外一大奇观？让我们共同来读一读去年十月写的《期颐感赋》吧。

　　　　百岁人生亘古稀，我今何幸赋期颐。
　　　　青山绿水留鸿影，紫陌红尘印马蹄。
　　　　多难焉能摧铁骨，临溪好自杵征衣。
　　　　闲情一杖黄昏里，满目秋郊拥翠微。

　　老岳父是一个十分平常的人。平常之人，平常心态，平常的衣食住行，与世人无两样。可是，他有一句看似平常而富有内涵的话却不得不使人去深思，他常说："只要能生存，就不要计较得失。"他一生历经三朝（清、民国、新中国），受过"五四"洗礼，饱尝战乱的痛苦，迎接新中国诞生的喜悦，"落实"政策后的扬眉吐气以及整个和谐家庭的温暖；他教过书，从过政，经过商，务过农，一生中经历无数的风风雨雨，身体也前后三次开刀医治，他幸存下来了，一活居然跃过一百岁。他的诗，记录了他的一生，也记载了他所处的时代方方面面的人和事，今天我们来读他的诗，不但能了解这百年沧桑巨变，还可以从诗中体悟出他的长寿之谜和了解他对人生所持的态度呢！

可以这样说，我读他的诗，不管是什么年代写的，还没有发现一首不是积极乐观向上的。他对人生乐观的态度，表现着他认识的这个世界的一切。

20世纪30年代，山河破碎，生灵涂炭的景象并没有使他失望，彷徨于无奈之中，受"五四"的熏陶，他骨子里就渗透着一股奋斗不息的情绪。

> 衰草凄迷雁阵单，池塘烟锁水光寒。
> 前程更比来程远，到处崎岖莫等闲。
>
> ——1930年10月《游邻母洞》之一

> "……沿途荆棘满，四山虎豹鸣，家家如悬罄，野无青草生，两目何所见，鹬蚌长相争，两耳何所闻，饥寒载道声……舟且覆，巢将倾，千钧系一发，奔马向岩行，国兮国兮何凋零，安能抚膺长叹泪纵横！
>
> 辽边传鼓角，烟漫沈阳城……手中剑，正鲜明，当家亡国破，恨不得血扫龙庭！青锋十万临风舞，易水三樽壮士盟，听连天烽炎正声声，关不住，怒潮横。"
>
> ——1931年9月《倭寇入侵有感》

青年时代的岳父，血气方刚，岳飞的长枪伴随《满江红》在梦中飞舞，荆轲的壮举，无时不在感染着他，他的诗歌，大气磅礴，鼓舞人的斗志，对未来充满希望，有着"残梦已随流水去，断肠人唱大江东"的英雄气概。

老岳父一生虽多经坎坷与灾难，但是，那一颗扑扑跳动的心却是炽热的，什么时候都是通达明朗的。

1957年在农村的他写道：

> 拖儿带女入柴门，渔渚陇头又一村。
> 锄罢夕阳无个事，清风明月不嫌贫。

心胸是何等的平静开朗，在残酷的现实面前，却体会到了"清风明月不嫌贫"这人类伟大的博爱精神。

1960年，因采兔草被刺伤右目，后割目致残，他在《盲瞽行》中写道："行年五十六，'华盖'叹时乖。宿肿才消尽，横灾又袭来。山洼采兔草，荆棘满苍台。野枣没荒径，趑趄费徘徊。挥镰挑小缝，探头拨藤开。枣荆穿瞳孔，剧痛彻心怀。住院六十日，中西莫主裁。从兹少一目，右眼假安排。有人为我惜，因公眼丧明，有人为我痛，老健已无能。亦有藉慰者，虽废幸残存。更有讪讥者，身秽又残形。我亦莞然笑，反唇且问君，残缺人人有，程度有深浅。有的病在表，有的盲于心。天下多残瞽，纯完有几人。凡物一分二，应用各攸分。朽木供炊事，废铁犹打钉。苏联有保尔，华夏赞丘明。我今双手健，只眼尚澄清。人老心犹热，力衰尚有神。养殖吾所爱，粗食菜根新。问我何所有，陶然一身轻。农村天地阔，处处有温馨。"

他一生经历三次开刀，五十六岁割目，八十三岁剖腹查胃，九十岁割阑尾，1996年8月他在《三刀行》中写道："……苍天不我弃，盎然神志清，有书仍可读，有笔仍可耕，有口能鼓舌，有足能攀登。蔬食饶滋味，蝶梦醒五更，三刀何足憾，灾免可延龄。枯木逢春至，枝叶又翻青，临风发清响，时伴莺鸠鸣，沐浴晴空里，陶然莫与争。桑榆休自叹，灿烂晚霞升。"

身体的灾难并没有使他一蹶不振，心灰意冷。很多与他同时代受过冤屈的人抱着不幸，抱着哀叹，抱着牢骚作古去了。今天，他仍笑对人生，笑对世界，不计得失。

当他看到拨乱反正后一片艳阳天空，又目睹了祖国大政方针重心转移后的大好形势，他一颗按捺不住的激动之心跃然纸上，在《七旬杂诗》十首中写道：

难得今朝形势好，黄昏虽近坦途多。（之二）
我虽无力推轮壳，喜见红旗耀五洲。（之八）
江山不老春恒在，夕照桑榆景更明。（之十）

在怀念成都老友张锦兰的诗中更是具有感染力的"豪情不厌黄昏近，意快翻教白发青。"

20 世纪 80 年代，他已是市政协常委，知名民主人士，党的好朋友（万源县委文件），可是，不管是平时言谈举止还是在他所写的诗中都表现出一颗宁静的心。对曾在政治上陷害他、精神上摧残他、身体上折磨他的人无怨无恨，认为是已经过去的事，并能与他们一道在四化中献计献策，一道工作。他在诗中写道："对人无尤怨，平淡与虚谦。……痴呆忘得失，宁静似秋潭。半生忧患事，一去扫云烟。"在他的诗集《渔渚诗抄》中，我们能深刻地体会到。

20 世纪 80 年代，他已是八十多岁的老人了，但他不服老，还敢于去创业（办鸡场、办长毛兔场、创办老人协会），去为"四化"做贡献。万源县委发文号召广大党员干部向他学习。这种冲锋不止的精神，怎么不让人敬佩他呢？

1995 年我参加《渔渚诗抄》编撰工作，编撰的时间段是 1933 年至 1995 年。这本《渔渚诗抄》续集，编撰的时间段则是 1996 年至 2005 年，以求探讨其精神世界，从而更能够知道他长寿之谜的一大要素所在。

人夸上寿我沉思，九十韶光一瞬驰。

点点童心犹时臆，青青稚发已成丝。

几番起伏邀天眷，半世酸甜只自知。

若问庭前春在否，松苍柏翠草离离。

——《九旬抒怀》

烛影摇红笑语哗，腾腾酒气透窗纱。

亲朋不识余心乐，闲坐花荫看月华。

——《九一漫题》之四

家有图书不觉贫，竹林茅舍隐江滨。

一编在手忘饥渴，渔渚风清不掩门。

——《九二漫吟》之四

往事悠悠似晓烟，未来天地更多妍。

山间翠蔼江心月，再买风光七八年。

——《九二漫吟》之八

逝者如斯可奈何，九三岁月掷如梭。

一生辛苦从头算，功在人寰有几多。

——《九三初度杂咏》

当年伙伴尽星沉，独上南山又一春。

何事天公偏爱我，此身长作武陵人。

——《九四杂感》之二

抱朴怀仁不厌贫，山深林茂好藏身。

心中一块光明地，付与儿孙世代耘。

——《九四杂感》之五

往事成陈迹，荣辱都消歇，沧桑变，今非昔，休问桃源路，长作巴山客。夜阑也，窗前犹伴多情月。

——节选《千秋岁九五初度有感》

一芥飘零春复秋，居然九六又添筹。

龙山夕照栖丹鹤，渔渚朝晖泛白鸥。

多难已经成梦忆，壮怀空自付去浮。

癫狂不识黄昏近，短笛无腔向小楼。

——《九六感怀》

浮生九七复何求，历尽沧桑霜映头。

一片祥和天地阔，满堂舒畅子孙稠。

诗坛笑对花前月，渔渚情钟水上鸥。

梦里不知人已老，扁舟犹自击中流。

——《九七漫题》

夕阳瘦，须发白，半身残，昔时豪气，何似飞絮落深潭。休怨冯唐易老，且喜廉公健饭。凡事总随缘，更看期颐日，策杖醉南山。

——节选《水调歌头·九八感赋》

九九年华一瞬时，洁身自好似随和。
兴来独上云深处，唱澈阳春白雪歌。

——《步韵三婿杨仁渊献寿诗》

我选出十年寿辰之作集中一阅之原因，其一，这是他发自肺腑之言，最能见其对一生得失之总结与看法；其二，人到暮年，许多人心灰意冷，坐以待毙。可是，老岳父是什么态度呢？是"癫狂不识黄昏近，短笛无腔向小楼"；是"梦里不知人已老，扁舟犹自击中流"；是"更看期颐日，策杖醉南山"；是"兴来独上云深处，唱澈阳春白雪歌"；是"百岁人生亘古稀，我今何幸赋期颐……闲情一杖黄昏里，满目秋郊拥翠微"。他终于迈过一百岁了，用他的话说，活过105岁看来不成问题。是的，肯定是没有问题的，你读他的诗，看他做人，表里一致，宁静平和，乐观向上的心态，就足以让人相信了。

前面我已经讲了，对其诗歌的艺术性，我不敢妄评，各自有各自的欣赏角度。在老岳父《渔渚诗抄》续集出版前写这么一段话，只是我个人在读他的诗时的一丁点体会，都是片面的，不知对广大吟友和读者能否像我们山里人所说的那样，在领会长寿之道上起到带一下路的作用。（老岳父106岁仙逝）

2006 年 12 月 24 日于渔渚山庄

赏阅陈应鸾教授两首古风

陈应鸾教授是万源中学毕业的学生，现任川大中文系文艺学研究室主任，硕士生导师，著作颇丰。2007年3月赠送给我他出版的《蓼莪室吟稿》，捧读在手，如饮甘醪。读后你一定会是这种状态，无论是他的创作思想或是艺术风格，都能汲取许多宝贵营养。我从陈教授众多珠玑中，随手抽出两首古风，谈点读后感。

其一，《闻某君事，震惊之余，有作》。

> 昔我同窗友，身着农家装。
> 质朴而勤奋，性敏好文章。
> 三载互切磋，交谊非平常。
> 汇征分两地，千里遥想望。
> 彼处巴子国，我栖蜀帝乡。
> 时变逢板荡，渝州枪炮狂。
> 彼笔曾推波，奔走故仓皇。
> 惊鸿飞锦城，月馀重相将。
> 就业各分镳，前程自主张。
> 彼早从政去，腾达逾飞黄。
> 我滞杏坛上，销蜡度时光。
> 从此音信绝，人事两茫茫。
> 昨逢传道师，言彼事甚详。
> 握篆心即变，垂涎爱孔方。
> 屡受四知金，百万入私囊。
> 腐化追红粉，枉法为贪赃。

狡兔营三窟，自以得计良。

一朝搜索急，难躲猎者枪。

机事尽败露，囹圄铟锒铛。

来日不可测，亲旧皆凄惶。

乍闻甚震惊，久久费思量。

感慨作长歌，秉笔独激昂。

奉劝为政者，质性应贞刚。

慎勿贪青蚨，贪者必有殃。

其二，《悯磨刀老人》。

老者七十余，满头已尽白。

肩负长木凳，简水一方石。

里巷蹒跚行，吆喝声凄绝。

霜天衣单薄，瑟缩手皴裂。

见状迎面问，胡为职此业？

家居当温暖，天伦乐融洽。

何必犯霜寒，奔波于冬腊！

老者双泪垂，命蹇子孙乏。

畴昔本务农，而今体虚怯。

妻死家不振，茅屋破欲塌。

闻有救济款，主者入己匣。

出门谋糊口，余生无他法。

闻者心郁结，长叹五内热。

我刀本未钝，尽与磨莹洁。

加倍赏其值，使买饭娱舌。

旧棉衣一套，赠与御风雪。

老者手颤抖，接物声哽咽。

今天遇好人，怜我乡巴耋！

捉刀与之别，欲语语却塞。

无力赈饥寒，愧我弄文墨！

　　这两首古风，其根植于"新乐府"庭院之中。是汲取杜甫、白居易现实主义诗风的营养，创造出具有时代意义的诗歌佳篇。我们这个时代，在一片升平的颂歌声中，在一片咏山唱水，或是叹虚无、信圆满的诗词杂乱声中，正需要这样的作品来冲凉一下头脑，清醒一下我们的神经。

　　说到新乐府，不妨我们对白居易首创和倡导的新乐府做一些了解。白居易认为诗歌必须肩负起"补察时政""泄导人情"的使命，从而达到"救济人病，裨补时阙"的目的。他提出了"文章合时而著，歌诗合事而作"的现实主义口号。用新题，写新事，不入乐；并进一步阐发诗歌的特性，即情、语、声、义。他在《与元九书》中说："感人心者，莫先乎情，莫始乎言，莫切乎声，莫深乎义。"提出"诗者：根情，苗言，华声，实义"（《与元九书》），"情"与"义"是内容，"言"与"声"是形式。认为只有这样的诗才能感人至深，并感人为善。

　　新乐府运动的核心即关注民生、关注生活，广泛地反映人民的痛苦，从而表示出极大的同情心，并对统治者的荒淫生活进行揭露。

　　白居易诗歌的艺术上的一个主要特点就是语言通俗易懂，明白晓畅，人们的评价是"村妇能解"。他的诗在他在世时便已广泛流传，甚有影响。元稹说白居易之诗："二十年间，禁省、观寺、邮候、墙壁之上无不书，王公、姜妇、马走牛童之口无不道。至于缮写模勒，炫卖于市井，或持之以交酒茗者，处处皆是。"一个人的诗作，在当代即产生这样的社会效果，在古代是极少见的。

　　可以说，关注社会、关注民生是新乐府运动的目的。新乐府诗歌运动中获得了诗歌创作的新生命，也影响了后世诗人的诗歌创作，并且一直到现在对诗歌创作也还具有深远的影响和现实意义。在诗歌创作的今天，回归生活，贴近人民，创作出能够反映时代特色的通俗易懂的诗歌作品，这值得每一个从事诗歌创作的人认真思索。

　　读陈应鸾教授的诗，不知道你体察出他的新乐府的味道了没有？

　　《悯磨刀老人》，我读后同样流出的是垂怜哀悯的泪水。"老者七十馀，满头已尽白。肩负长木凳，简水一方石。里巷蹒跚行，吆喝声凄绝。霜天衣单薄，瑟缩手皴裂。"外貌的描述，一出场生动地刻画一个年老的磨刀人时，你就产生同情心了。"命蹇子孙乏。畴昔本务农，而今体虚怯。妻死家不振，茅屋破欲塌。闻有救济款，主者入己匣。出门谋糊口，馀生无他法。"再通过老者的话语，更进一步道出了为什么要营此职业的原因，有命运的乖舛和环境的苛夺。"闻者心郁结，长叹五内热。我刀本未钝，尽与磨莹洁。加倍赏其值，使买饭娱舌。旧棉衣一套，赠与御风雪。"作者听后所采取的行动表现出极大的同情心，"捉刀与之别，欲语语却塞。无力赈饥寒，愧我弄文墨！"这种充满哀悯自责的诗句，反映出了陈教授的良知与同情心，却无法根本解除他们的痛苦。

再读《闻某君事，震惊之馀，有作》，某君是陈教授的同窗好友，陈教授与他同样出生在条件十分艰苦的农村。可是，由于条件的变化，人的性善一面的本质也就变化了，真乃是"性相近，习相远"最终落得"机事尽败露，囹圄锢银铛。"

读陈应鸾教授的诗，也像读白居易诗歌一样感到语言通俗易懂，明白晓畅；叙事议论相结合，并善用外貌和心理细节来刻画人物。

陈应鸾教授的家在万源农村中，他出生在旧社会，青少年时代亲眼目睹了新中国成立初期农村生产力极其低下，生活极其困苦的场景。杜甫、白居易那种忧国忧民的思想，无时无刻不在打动一个有良知文化人的心，陈应鸾教授的现实主义的创作风格正是建立在此基础之上的。因此，他能够创作出反映时代特色的通俗易懂的优秀诗歌作品。

陈教授在《蓼莪室吟稿》中的许多作品，也和我前面引用的两首古风一样，构筑出了他的现实主义的新乐府创作风格，通读则像史诗一样，了解社会，了解人生，十分生动。

2012 年 7 月于渔渚山庄

用简短的形式阐释多彩的生活

　　荣聪，川东散人也。自 2012 年达州朱景鹏吟长介绍认识后，迄今已有五个年头。我们时有接触，慢慢便成了无话不说的朋友加诗友，如果他新得一诗，必定是我首先品尝。今荣聪准备出一卷绝句选，发来三百余首让我先睹为快，并嘱咐要为之谈点看法，好友之托怎能违之，试着写点感想与大家共品。

　　读散人君的绝句，是一件使人愉悦的事。其诗有人世间的百味，我们如同饮一杯香茗，慢慢品来，回味厚纯。散人先生善七绝，其绝之手法秉承唐宋，既有唐人化情于山水之功力，也有宋诗发人深省之理趣，其绝皆深蕴禅理，如水中着盐，意象空灵，让读者自己体会，从中阐释，其味无穷也。正如他追求的那样，"对于诗，总想用最简单的语言写出自己独特的感受，总想用最简短的形式阐释自己多彩的生活，于情于理于趣得味即可，或歌或哭或笑有我方成，不雕不饰不踬返璞归真。"

　　读散人君几首以"情重"的诗作真是感人肺腑，现录于后供大家欣赏。

大西洋边看夕阳

妻儿嬉戏大西洋，吾坐沙滩看夕阳。

西落东升过旧宅，当知老父起眠床？

　　在他旅美的诗作中，这首《大西洋边看夕阳》我最受感触。诗人写出了远在异国他乡欢乐的同时，从夕阳西下想起了居住在东半球这边正好旭日东升，不知道老父亲是否起床了呢？一句"过旧宅"，勾起诗人无边的思念，由此而来的真情，感染力好强呀！

打工人家

新年刚过又离村，临别低头脉脉亲。

待到明朝儿醒后，爹妈已是外乡人。

这首打工人家是在给你讲一个故事：传统的春节一过爹妈又要外出打工去了，一个细节"临别低头脉脉亲"生动感人，三句四句一转一合，好像是爹妈在告诉儿子：儿子，明朝你醒时候，我们就远远地离开你了，成了外乡的人了。此诗用白描的手法要的是整体效果，无警语无警句却力透纸背，我边读边流泪，想必念给外出打工的年轻父母听，都会有和我一样的感受吧。

夜眠乡宅

醉眠乡宅梦回家，醒倚孤窗看月斜。

一树清辉应不重，三更压落紫桐花。

好一个"一树清辉应不重，三更压落紫桐花"转结句，灵动得不露声色，虽醉眠他乡，却做梦都是在回家。清辉哪里有重量，是思乡的情重，压落了三更天的紫桐花，用意象的跳动、转嫁来突出表现思乡的感受。

白居易在《与元九书》说："感人心者，莫先乎情。"读着这几首声情并茂的诗歌，我想同感者不会少吧。

再选几首散人君的风景诗读读，我总觉得他的风景诗是以"景奇"跳入眼帘。

晨望巫山

一江如线缠香粽，霞煮云蒸出屉笼。

欲知三峡真滋味，先上巫山十二峰！

古今的诗人写巫山诗不知道有多少首了，然而散人君大气磅礴，好像要借长江之水泼墨，一展诗人胸怀。"一江如线缠香粽，霞煮云蒸出屉笼"，巫山像香粽被长江一根线缠着，就像是云霞在蒸煮出笼一样。"欲知三峡真滋味，先上巫山十二峰"，欲知三峡滋味，我们先赏像香粽样子的巫山十二峰。奇特的想象给我们勾勒出的巫山风景就不一般了。

漂流节前夜营三江口

"走四方"群自驾游，吾突患"蛇缠腰"，虽忍剧痛坚持开车，但未漂流三江，憾！

千里赴漂意未平，飞来微恙夜难宁。

戎州桥下小纱帐，装满三江流月声。

这首绝句写于 2015 年 10 月 7 日的宜宾，从前面的小序就可以得知其诗歌的内容所在。这首七绝妙就妙在转结，前两句启承只是在铺垫，言之伙伴们从达州自驾车出发去千里之外的宜宾三江口漂流，大家的游兴很高，可我却因突患"蛇缠腰"（带状疱疹）搞得彻夜难眠。戎州是宜宾的古名，三江口桥下我们夜营的小纱帐，隐隐约约传来三条江的流水声。就是这样平常的事他却写得有声有色，这里的月被他写活了，月光是不流动的，在他的笔尖随水波在流动，月光是无声的，在他的笔下也有声了，而且流月的声音还装满了他的小纱帐。难道不又是一个造景的奇吗？

再摘几处"奇句"供欣赏"一路观摩一路攀，泰山叠叠是书山。"（《登泰山》），泰山叠叠是书山想象好奇！"点兵山下一声唤，便有春风站起来"（《点兵山柏林信步》），巧在山名叫点兵山，奇在春风站起来，哪里是春风站起来，想想便知是春天一到，光秃的树木都发芽了，借用得多么奇巧！"天兵十万降黄水，一望秋风千帐灯"（《夜营黄水千野草场》），好一个野营的奇状！

散人君还有些写景之作，很得唐人之精髓，寄情于景，情景相融。

郊行

偷得闲隙放开心，溪山佳处好行吟。

野渡呼舟日边出，艄公摇碎一河金。

放风筝

不信凌霄有九重，放飞大鸟到云中。

少年牵起青天跑，欢笑牧肥三月风。

花间行
茨花如雪鹃花艳，驴子忘情山水间。
馨香盈袖未言谢，蝴蝶追来要我还。

我们随便举三首写景的绝句来，就不难看出诗人融情于景的喜色来。长期生活在城市的尘嚣之中，心境很是郁闷，春天到了，约几位好友去游山玩水多么惬意呀！在野外什么都新鲜，就连平常的野渡，也视角上转换成"艄公摇碎一河金"。《放风筝》中的"少年牵起青天跑，欢笑牧肥三月风"，更是让一颗疲惫的心找回了童年的乐趣。《花间行》是折腰体，"馨香盈袖未言谢，蝴蝶追来要我还"，多俏皮呀！多巧妙地应用拟人手法来物我合一，移情于山水之间。

散人君咏物抒怀的诗作也不少，不妨我们欣赏欣赏。

啄木鸟
扁鹊重生叩树躯，青山有恙再悬壶。
莫嫌针石伤皮肉，谁见森林鸟啄枯。

散人君是教授医学的教授，对医道有自己独特的见解，从《啄木鸟》一绝中，我却读出了先生不但在医治森林，也在悬壶济世，医治尘世间一切需要救治的病变。诗的转结处，更是感叹有意，从而使我想到《韩非子·喻老》篇中"扁鹊见蔡桓公"的故事来。

再登剑阁
先人遗迹尚分明，七十二峰依旧青。
千古雄关从未破，江山何故改朝名？

古今写剑门关的诗不少，优秀作品也多，散人君这首剑阁诗独辟蹊径，立意与众不同。剑门关遗址现在分明存在，这里高耸的七十二峰依旧青葱，千古的剑门关从来就没被攻破过，可是，这山山水水为什么依旧改朝换代呢？一个"遗迹尚分明"；一个"雄关从未破"；一个"依旧青"；一个"改朝名"。多么鲜明地给读者提出深思的问题来。此绝不同其他咏物诗，有些是咏物怀旧；有些是咏物感伤；有些是咏物励志。而散人君却在咏物阐理。倒像是宋诗一样以理趣取胜。

访风波亭

扶栏怅望月朦胧，湖上欢声隔绿丛。

旷世风波亭不语，夜蝉犹唱满江红。

虽然风波亭是当代仿宋时模样修成，但也算是历史遗迹。它原是南宋时杭州大理寺（最高审判机关）狱中的亭名，是岳飞被害的地方。诗人游历在此正是月色朦胧之时，扶亭栏怅望，西湖绿丛外飘来一片欢声。"我和这旷世名亭一样，没有说一句话，静静地听那夜蝉鸣叫，一下子联想到岳飞那首慷慨激昂的满江红来"。这正是作者来风波亭凭吊英雄的目的。当我读到"夜蝉犹唱满江红"这一结句时，也想起杜牧的"商女不知亡国恨，隔江犹唱后庭花"来，杜牧游秦淮，听见歌女唱《玉树后庭花》，绮艳轻荡，男女之间互相唱和，歌声哀伤，是亡国之音。他的诗说：这些无知歌女连亡国恨都不懂，还唱这种亡国之音！其实这是借题发挥，他讥讽的实际是晚唐政治：群臣们又沉湎于酒色，快步陈后主的后尘了。秦淮一隅，寄托如此深沉的兴亡感。而散人君的"旷世风波亭不语，夜蝉犹唱满江红"，在追述那段历史后，同样也遇见了"西湖歌舞几时休"的状况，但是他还是用《满江红》来激励自己，激励大众。这就是这首诗在意境上的不同点。

渣滓洞感怀

囚室阴森锁链空，游人至此泪盈瞳。

忽闻英烈一声叹，痛罢刑伤痛世风。

谒兰考焦裕禄墓
来去无私两袖风，一身瘦骨若山雄。
草民落落拜黄土，没有蝇营脸不红。

过新华门
朱穹璃瓦何岸然，两海烟云一壁拦。
主席门前五个字，神州干净三十年！

从这三首绝句中，我们完全能体会到诗人所表达出来的情感是何等的鲜明。诗人巧妙地道出，更使我们想到抛头颅、洒热血、追信仰创造出来的崭新社会却被一些蛀虫所累，怎不叫人痛心疾首呢？"主席门前五个字"哪五个字？为人民服务呀！

游名山
冥府丰都早已闻，登山细看鬼和神。
重重地狱劝人善，世上何多下狱人！

初九登高有感
仰望凤凰山几重，登高人似入云龙。
生遭四贬元夫子，却是通州最上峰！

二首感时之作，粗看不会引起多大共鸣，再把几个关键词、关键句细想，你怎么会想到诗人特别之处却在意料之外呢？"重重地狱劝人善，世上何多下狱人"，丰都鬼府你看后会毛骨悚然，威吓和劝善要你做好人，可偏偏那些在利益上不放手的人还那样多，"老虎""苍蝇"比比皆是，难道我们什么地方出问题了吗？"生遭四贬元夫子，却是通州最上峰！"，达州有正月初九登高习俗，元稹被朝廷贬到通州作司马后，勤政为民，做了些有利百姓的好事，达州老百姓为了纪念他，把每年正月初九登高的民俗，作为纪念他的最好方式。元稹虽遭四贬，却被达州（通州）人敬在凤凰山最高峰上，从而折射出老百姓多么希望有清正廉洁的好官呀！

散人君善绝句，笔下尽得绝之奥妙，起、承、转、合运用得心应手。别看绝句字少，真正写好是很难的。先生写绝句首先在意境上下功夫，而且，在诗句的组成上有自己与众不同之处，造语更是惊人，新旧兼而有之，别具匠心。《中央公园》"楼海绿洲千亩园，身心同牧放林泉。坪中胴体晒三色，城市开窗吸自然。"把景写得与众不同，"身心同牧"用得好新奇呀！"开窗吸自然"又是何等的自然贴切；散人君写诗还有自己的一大独特处，就是善用现代汉语入诗，现代汉语词汇写进旧体诗我认为如果贴切生动形象，是完全可以的，这也许是旧体诗词创新的一条路子，是旧体诗词发展的必然。"身心同牧放林泉""城市开窗吸自然""树荫筛日""鸟语成盘"，难道我们在诗中读到这样翻新的句子不觉得形象、新颖、贴切、富有感染力吗？

绝句，形式短小，却意味深长，节奏明快，便于记诵，流传甚广。明朝胡应麟《诗薮》称之为"百代不易之体"不是没有道理的。

绝句字数不多，七绝二十八字，五绝二十字，很难腾挪变化，一定要言简意赅，含蓄蕴藉，使读者低回想象于无穷，诱发其想象力来拓展诗歌语言的空间，从而结构诗歌完美的形象，才能显出诗人的高超手法。散人先生的七绝，气盛而意深，不可随意溜过，前面我已说过，有唐人绝句形之玲珑，意之深婉，又具宋绝之哲理，各领风趣，需细品而得之其奥妙。

今我冒昧试析，真是不知天高地厚，单从字面析出自我的看法，不能从更深层去赏析，更不能说还有其寄托和寓意。古人言，"诗无达诂"，谁能评得准确无误呢？不知道散人君满意否，就算抛砖引玉吧，让更多的读者评出精彩来。

2017 年 1 月 2 日于渔渚山庄

浅析安全东先生一组五律

还是在五年前，由朱景鹏先生介绍认识了安先生。安先生送我一套他出版的散文集和新诗集，读后顿时感觉每一个字都像是从山梁上吐出来的清香。今年七月中下旬，他从成都返达州，电邀去达一聚，因我有事缠身，终未成行，实感遗憾。他赠我新出版的传统诗词集《云水集》，只好放在达州诗友家，至今未见其珠润。然而零星读先生诗词已久矣，发在《夏云亭诗词》创刊号的一组五律和第三期的几首绝句、七律，犹如玉珠滴盘，圆润金声。

明诗论家胡应麟说："古诗之难，莫难于五古；近体之难，莫难于七律。五十六字之中，意若贯珠，言如合璧。其贯珠也，如夜珠走盘，而不失回旋曲折之妙；其合璧也，如玉匣有盖，而绝无参差扭捏之痕。"然而，五律更难也！四十字结构上要表达出跌宕起伏，音韵宫商角羽互合成声。今读安先生五律《大巴山杂咏》六首，如饮六杯甘醇，杯杯欲醉。现浅析如下：

其一

萧瑟秋风晚，莎蛩断续嘶。

人行红树外，山入暮烟低。

浮世伤漂泊，平居远鼓鼙。

堪怜打工仔，间阻各东西。

萧瑟，草木被秋风吹拂的声音。

莎蛩，即蝉，来自陆游的《病追感壮岁读书之乐作短歌》中"得意自吟讽，清悲答莎蛩"。

红树，枫树，秋深霜打叶成红色。

鼓鼙，古时打仗军中的鼓叫鼙鼓，即鼓。

浮世，人间，人世。旧时认为人世间是浮沉聚散不定的。

"萧瑟秋风晚，莎蛩断续嘶"，写出是晚秋时令，瑟瑟秋风，断续鸣叫的秋蝉，呈现出一派萧索的景象，首联为后面的感叹作出铺垫。

"人行红树外，山入暮烟低"，颔联还是在写秋天的景色，此联炼得很自然、纯熟，一幅秋山远景，动静相宜，可让你回味联想。

"浮世伤漂泊，平居远鼓鼙"，由秋景而感慨在人世间漂浮不定的艰辛，也为平居，少是非而宽慰，触景生情，感叹自然。

"堪怜打工仔，间阻各东西"，更进一步想到的还不只是个人的好坏，而是那些背井离乡的打工群，此时此刻远离故土，长年累月奔波在外求衣食。

这首五律很有老杜的遗风。写景抒情发感叹，忧国忧民于诗中体现。

其二

一自别乡国，乡情逐日深。
锦城容小我，巴字上眉心。
地僻花常放，水寒鱼易沉。
风光忒无赖，约略似山阴。

其三

莫问浮沉事，看山意始平。
十年耽异域，一世竟虚名。
天道高难问，人心苦不鸣。
因之怀故土，草木自欣荣。

其四

云山随处在，花鸟自亲人。
地旷烟村小，家寒谷酒真。
打工聊给馔，行役每忘春。
都道脱贫了，何因贫压身？

其五

郁盘千道岭，形势一摩天。

樵径云边没，瀑流门边悬。

情怀偏寂寞，风景总留连。

莫问农耕事，田荒不值钱。

其六

打工聊卒岁，鸡犬为看门。

背井炊烟少，遗风教化尊。

不堪身是客，空有梦招魂。

老幼倚阁望，归期迄未论。

其二、三律，安诗是在叹己，其间所含隐出的思乡与无奈都可看出，"巴字上眉心"，嘴念念不忘的，心里所想的都是"巴"——大巴山故乡；"地僻花常放，水寒鱼易沉"，山中的花草和水中的鱼儿不管春夏秋冬都还像儿时一样记在脑海里的；"莫问浮沉事，看山意始平。十年耽异域，一世竟虚名"，在外十多年浮沉之事缠脑中，所获得了什么？但一见到家乡不变的山，无升贬的乐忧，自己就什么都想得通了，由此而发出"天道高难问，人心苦不鸣"，"因之怀故土，草木自欣荣"的感叹来。

其四、其五、其六都是目前农村的真实状况。其四，一联写景，景美；颔联景中言情，情真；最后一结，力敌千钧，"都道脱贫了，何因贫压身？"反问之叹，叹得哭也不是，笑也不是，而不知所措。其五的表现手法与其四一样，写景抒情，偏在转结处给力！"莫问农耕事，田荒不值钱"，反讥出农村种粮要亏本的道理。其六与其一都是写外出务工所面临的具体问题。"打工聊卒岁，鸡犬为看门""老幼倚阁望，归期迄未论"，一起一结是不是一幅好的素描画？

胡应麟在《诗薮·内编》中说"作诗不过情景二端。如五言律体，前起后结，中四句二言景二言情，此通例也。初唐多于首二句言景，对起止二句言情，虽丰硕，往往失之繁杂。晚唐则第三、四句多作一串，虽流动，往往失之轻狷，俱非正体。惟沈、宋、李、王诸子，格调庄严，气象宏丽，最为可法。中四句大率言景，不善学者，凑砌堆叠，多无足观。老杜诸篇虽中联言景不少，大率以情间之，故习杜者，句语或有枯燥之嫌，而体裁绝无靡冗之病。若老手大笔，则情景混融，错综惟意。"张思绪在《诗法概述》中举初唐陈子昂的《度荆门望楚》和《春夜别友人》为例，说前六句纯乎写景，只末二句言情，虽气象宏阔而景物过多，殊嫌繁密。又举晚唐李山甫七律《寒食》《隋堤柳》，虽流动而失之轻狷。

张思绪重推老杜。"杜甫五言律诗，中两联多系情景相间，如《旅夜书怀》：'细草微风岸，危樯独夜舟。星垂平野阔，月涌大江流。名岂文章著，官应老病休。飘飘何所似，天地一沙鸥。'又如《登岳阳楼》：'昔闻洞庭水，今上岳阳楼。吴楚东南坼，乾坤日夜浮。亲朋无一字，老病有孤舟。戎马关山北，凭轩涕泗流。'两诗皆三、四写景，五、六言情，有转折而无排比，所谓沉郁顿挫两诗有焉。"又举杜诗《客亭》，又举《曲江陪郑八丈南史饮》言其杜诗不拘泥一种方法，有中二联两句言景两句言情的，有多达四句言情的，但老杜净洁而顿挫，一气贯旋不失工稳厚重。

今举古人评诗之说，意在赏读安先生五律时可作对比之说。安之五律，效老杜之章法而又贯其新的内容，更有白乐天提倡的"文章合为时而著，歌诗合为事而作"的新乐府精神，如"堪怜打工仔，间阻各东西"；"一自别乡国，乡情逐日深"；"因之怀故土，草木自欣荣"；"都道脱贫了，何因贫压身"；"莫问农耕事，田荒不值钱"；"打工聊卒岁，鸡犬为看门"；"老幼倚阁望，归期迄未论"等等。在当代，这正是在继承的道路上创新的阳光大道。这六首五律立意高标！再看安诗的章法，起承转合应用自如，不平头，不上尾，诗眼位置变化，使整诗结构灵动；或写景，或言情，不烦冗不浮靡，或情景结合，或景情相融而不腻。安诗更有其特点，炼句精到，警句迭出。如"地僻花常放，水寒鱼易沉""莫问浮沉事，看山意始平""云山随处在，花鸟自亲人""情怀偏寂寞，风景总留连"，使我们自觉体会其中所含的禅意。安诗用语现代、干净、亲切。安诗，大手笔之风范也！

最后，我想就读安先生诗后有一感想说出共勉，所闻与时俱进，开拓创新。我的理解是，中华诗词需要我们这一代承前启后，用现代人的思维方式，"尽快实现由基本古典型向完全当代型的创造性转换，进一步向人的精神世界的真实存在敞开。一切媚俗、炒作和毫无生命力的仿制，永远都不应作为诗词艺术追求的目标。"（庄严语《中华当代律诗选粹序言》）

2014 年 8 月 26 日于渔渚山庄

读曾宪矗先生的几首散曲小令所感

翻开戛云亭诗词创刊号的散曲栏目，读了曾宪矗等几位先生所作的散曲小令，很感兴趣，特别对曾先生的几首独爱，不免说说自己读后的感受。曾宪矗先生的《二犯朝天子·文抄公》《一半儿·戏说》《一半儿·夜宴》很抢眼，很有味，很耐读。不妨抄于后再赏。

二犯朝天子·文抄公

天下文章一大抄，无奈功夫浅，手艺糟。专心抄虎却成猫，把头搔。堪称干劲儿高，暮抄朝也抄。

眼下真乃是天下文章一大抄，你抄我也抄，功夫高不了，互联网传播速度快，网上的有关文章多，鼠标一拖便复制下来了。学生抄，教授也抄，当官的抄，老百姓也抄，假话连篇反复抄，正如曾先生所言，干劲高！几年前我为某校写校志时发现，某校收集的教师德育论文，全是一字不漏地抄写论文，他们从网上复制下来的论文，连校名都没改动一下，打印了就交上来，文中多处出现浙江某校某学生，其实他是我们四川某校的老师呢。真是荒唐至极！

一半儿·戏说

清宫大戏满银屏，戏说连篇混假真，弘历亲娘三五人，理难清，一半儿糊涂一半儿醒。

我看电视节目，大不了是这三种节目居多，古装、抗日、谍战。表现现实的作品，少之又少，间或有，也只是青年男女的情爱作品之类的多。宪矗先生的"戏说"可谓入木三分地刻画，虽言清戏而实在讽所有的戏说、乱说、胡说、混账说！皇帝的亲娘都可说成有几个，信不信由你，但人民币进了腰包就不管那么些了！虽是在戏说，难道不可联想到今日之假话说吗？

一半儿·夜宴

夜宴初开热腾腾，滴酒未沾醉醺醺，良莠难察雾沉沉，脑昏昏，一半儿痴迷一半儿醒。

所谓夜宴，不是指家中吃晚饭，而是说吃喝的不正之风！关系网，老乡情，一到夜晚，食府最热闹，不管是官还是民，不管是买单的还是白吃的，不管是消费高的还是低的，各怀各的人胎，各打各的算盘，各有各的收获。曾宪鬶先生由于长期生活在市井之地，这其中的千奇百怪的事可说无所不知，他把一场看来很平常的夜生活却写得淋漓尽致，"热腾腾、醉醺醺、雾沉沉、脑昏昏"几个十分形象化的叠词，一个一个递进，到头来，谁能说得出哪是良来哪是莠呢？只好一半儿痴迷一半儿醒，试问，谁又敢醒呢？！

读曾宪鬶先生的散曲，尝其辛辣，品其味浓，最像元初时在民间广传的小令一样，贴近社会，贴近生活，逗人喜爱，"嬉笑怒骂皆成文章"。

散曲小令其体制便是讽刺性很强，针砭时弊；文浅意懂，朗朗上口，便于流传，略举两例供大家欣赏。

醉太平·讽贪小利者（元代无名氏）

夺泥燕口，削铁针头，刮金佛面细收求，无中觅有。鹌鹑嗉里寻豌豆，鹭鸶腿上劈精肉，蚊子腹内剐脂油，亏老先生下手！

朝天子·咏喇叭（明代王磐）

喇叭，唢呐，曲儿小，腔儿大，官船来往乱如麻，全仗你抬身价。军听了军愁，民听了民怕，哪里去辨什么真与假？眼见的吹翻了这家，吹伤了那家，只吹的水尽鹅飞罢！

我们不能低估了散曲这种文学表现形式，常言道，唐诗宋词元曲明清小说。的确，元散曲也和其他文学形式一样，独领春秋数百年，占了一个时代。

翻阅文学史，到了南宋后期，由于词家慢慢远离社会现实生活，片面追求文辞的工丽和音律的妍美，出现了词的衰落现象（当然文辞的工丽和妍美并不是不好，也算一个派别吧），文学发展到一个阶段后总要再寻找出另外一种适应表达的方式吧。宋金对抗时期，文人把目光投向民间和少数民族的歌曲小令之中，逐渐形成了这一种新的，不同于律绝、古风，而在宋词小令的基础上发展起来的新的诗歌形式，这就是散曲。散曲比词更自由，它不像诗词用韵严格，而是用韵加密了，几乎是一句一韵，而且是平仄通押，还可在原调上加衬词。然而，任何一种文学形式不会永久性地立在那里坚不可摧。散曲到了后期，也被一些文人用来弄风戏月，把朴素的、自然的丢失了，掺和了很多感伤或是啸傲河山的内容，使散曲用语典雅工丽了。

曾宪矗先生的散曲小令，我们读后是不是感受到一股强烈的现实感？多么像元初那个时代的贴近生活的作品呀！多么自然流露。希望先生不要改变自己的创作风格、创作路子和最适合你表现的手法。

我们期待先生有更多更好的散曲作品，以飨读者。

2013 年 9 月于渔渚山庄

清露一枝新

何智是一位有才华的女诗人，而且是我们达州不可多有的女诗人。还是在去年这个时间，何智曾发给我 50 余首五绝，读后让我眼前一亮，没想到何智能写出有一定水准的五绝了，随后我写了一篇评论的文章《读何智的五绝》，发到中华诗词论坛的《百家论坛》，被评为 2014 年度优秀论文。事隔一年，她又告诉我要出一卷集子《厚吾斋习诗录》，并发给我 203 首绝句，还要我再写几句话。她告诉我，这本集子是她学习写诗的总结，虽然写了有千余首但只选了 203 首，她那么执着地爱好旧体诗，我被她忘我的创作精神感动，再忙也推辞不得了。

就借用何智诗里的"清露一枝新"作为我想多说几句话的题目吧。

读何智的绝句，又会把你带到盛唐王维冲淡闲逸、自然浑成的境界去。何智曾告诉过我，她喜欢王维的诗，而且也学王维的风格。何智习画，习书法，这可能与她喜欢王维的风格很有关吧。

王维的大多数诗都是山水田园之作，在描绘自然美景流露出闲居生活中闲逸萧散的情趣的同时，不少诗作也饱含浓情，充满了浓厚的乡土气息和生活情趣。如《渭川田家》："斜光照墟落，穷巷牛羊归。野老念牧童，倚杖候荆扉。雉雊麦苗秀，蚕眠桑叶稀。田夫荷锄至，相见语依依。"如《新晴野望》："新晴原野旷，极目无氛垢。农月无闲人，倾家事南亩。"《山居秋暝》写暮雨方霁，山村呈现的美景。王诗中那些描绘大自然幽静恬美的山水诗具有更高的审美价值。如《青溪》，他用五律和五绝的形式，篇幅短小，语言精美，音节较为舒缓，用以表现幽静的山水和诗人恬适的心情，尤为相宜。

我们再读读何智的山水田园诗，看是否有相似的表现力度。

过乡人居（两首）

南篱黄柿子，北壁石榴红。

节近人何在？徒嗟一院风。

苔老过檐头，篱深谷雀悠。

风微人不见，空绕紫牵牛。

两首虽全写景，可内含之情何其深呀！正如"乡人今何处，背井东南风"两句诗中所表，这两首诗也把农村现今外出务工，举家迁往，空巢现象日益加重的现象，逼真地描绘出来。

铜堡寨老妇

南坡倾水罢，额发立青芽。

回首来时路，斜阳独到家。

爱痛集于内心，其情不显山露水，"斜阳独到家"震撼人心之力何其大呀。

遥山初见影，村树袅烟生。檐露两三点，晨啼四五声。《晓村》

苔醒老檐牙，花明蓬户纱。东风无限意，先遣野人家。《山居》

清露一枝新，何由相顾频？携君同径去，朝夕紧为邻。《晓遇》

何智每天上班在郊区，把路上的感受写得如此绚丽。她是诗者，她留意身边的所有人与事：遥山、村树、檐露、鸡声、苔藓、草屋、枝条、篱笆、小雀、牵牛花等平凡得天天可遇的事物，就是用这些意象，她把诗写得清新自然，妙趣横生。

《晓村》是写景之作，远景近景均可感受，也能吟写，可触摸到的"檐露两三点"景的描绘能有几人想到？诗人在清晨的心境是愉悦的，她眼里看到的，耳里听到的都是好清爽的景色呀！

《山居》此绝妙就妙在转结处，是不动声色地写春光的来到，如果我时髦地再拔高此诗的意境，就不单在表面写"东风无限意，先遣野人家"了，何智是知道的，中央近年来对农村政策的惠民，对农村、农业、农民都大有利，使农民享受了很多的优惠，所以，此诗我觉得是有意无意间达到了这种表达的效果，是我近年来读到有关农村题材的少有的优秀诗。

《晓遇》或许是过住宅小区或许是到工作地点，早上她遇见的常常是枝头的清露，而且滴到了她的香衣上（笑语），朝朝暮暮都在一起。此诗借拟人手法，实则是想表现与景相处就像天天朝夕相见的人一样和睦相处。

《节近逢堵车》："一载风霜萦苦辛，归心早溅故乡尘。川东岭曲云环雾，底事依依不放人。"好诗！"归心早溅故乡尘"用语新奇！

《乡中偶见》："瓦檐低矮野人家，黄犬恹恹日影斜。风送帘移人不见，闲飞一院碧桃花。"难道说这些诗歌读来不也和王维的那些诗一样，饱含浓情，充满了浓厚的乡土气息和生活情趣吗？今天，时代更多地赋予诗人新的内容去表达，同样是山水田园的风景，在新的时代却有着明显的时代痕迹，何智做到了。

唐诗能流传下来的，脍炙人口的优秀诗，无不是自然美而不现雕琢，所谓"脱口而出，纯属天然"；明钟惺说："忽然妙境，目中口出，凌泊不得，所以不用意得之者。""文之为物，自然灵气，惚恍而来，不思而至，杼轴得之，淡而无味，琢刻藻绘，弥不足贵。"（李德裕《文章论》）我们可不可以这样认识，不思而至之所以高于有意为之，其关键在于自然胜于人为。这几首何智的五绝，是不是有着"天然去雕饰、清水出芙蓉"的感觉呢？有没有脱口而出，天然自成呢？是不是犹如天籁之声入耳呢？

王维一些赠送亲友和描写日常生活的抒情小诗，如《送元二使安西》《九月九日忆山东兄弟》《相思》《杂诗》等，千百年来传诵人口，感情真挚，语言明朗自然，不用雕饰，具有淳朴深厚之美。何智的赠友诗也是不可低看的。我们再选读几首这方面的诗。

友行天池有寄

一霎风还斜牡丹，殷殷写就寄云端。

他乡纵有万年雪，也应骤消一段寒。

寄海上友

闻君垂钓海东头，万里飞涛一梦收。

银月半帘风影后，盈盈小仁可知否。

寄凝翠园主人
闻说园中绿萼开，总将遥目向高台。
料来晓日初凝露，已自篱边揽韵回。

甲午园中腊梅有绽寄半夏妹妹
篱上新黄叠老黄，晓风清气两悠长。
驿车曾发梅三寸，月底窗前可亦香。

何智很善于借景寓情，以景衬情的手法，使写景饶有余味，抒情含蓄不露。

《厚吾斋习诗录》这本集子全是绝句，其中五绝占多数，我曾说过，达州诗人中何智善五绝，川东散人工七绝，真可作效仿绝句吟写之楷模。这不是溢美之词。绝句字数不多，特别是五绝仅二十字，很难腾挪变化，所以写绝句难在言简意赅。绝句如含蓄不尽，则可使读者有低头回想之余念。

诗歌是形象艺术表达，而不是说理、叙述，不能单纯地摹写物状，停留在表面现象上，而是要寓意于景物之外，虚中见实，在似与不似之间显露精神。盛唐之诗佳处在"兴趣"，所谓兴趣则是，兴象，意趣。王国维说："严沧浪《诗话》谓盛唐诸公，唯在兴趣。羚羊挂角，无迹可求……"（《人间词话》）兴趣是形象化了的意境，一片空灵，所以如羚羊挂角，无迹可求，故其妙处透彻玲珑，不可凑泊。即是"神存象外""诗与境偕"，浑然一体。

我还要特别指出一点，何智在巧用虚词上很下功夫，也就是善用诗眼。"苔醒老檐牙"的"醒"把春写活于老檐；"晓舟空系缆"的"空"反而把诗人的情绪系得牢牢的；"倦窗听雨嗟"的"倦"把大病初愈的人的神态刻画得多惟妙惟肖；"几声凝露重"的"重"能听到吗？嗨，把重量声化了妙不可言。这类传神诗眼在何智诗中不胜枚举。可能因篇幅所限，有些还没选进集子里。

近年来，诗词在继承的前提下又呈现出多元风格，和现代新诗一样发展，而且占据着更广泛的读者群，我也是学新诗的，当我接触到旧体诗词，又钻进旧体诗王国后，才知道"中华诗国"为什么这样提的道理。我对旧体诗词的评价是，简洁而鲜美的意象，表达出作者复杂的深刻的内心独白。旧体诗词的写作者们，同样有的深入时代，有的沉潜内心，有的在探索现代汉语入诗，同样也有更深刻地在探讨旧体诗词如何表达其精神基本质地和人文情怀，和天人化一的问题。何智的五绝，清新，自然，婉约端庄，她不写重大题材，她也不跟风潮，但不能简单把她的诗当成是吟风啸月般的无病呻吟！

王国维说："大家之作，其言情也必沁人心脾，其写景也必豁人耳目，其脱口而出，无矫揉妆束之态。"何智的诗从整体上看还处于向成熟努力进取的阶段，何智的诗题材不广，特别是在一个时代之中我们每一个诗人不可能不投入到现实生活中去，写出一些反映大时代的作品来，古往今来的诗人都是自觉不自觉地履行着这一伟大命题的，这方面显得薄弱了，希望何智好好思考一下。何智有些诗注意力过重放在字眼上，放在虚词的独运上，却有反其道而见斧痕，见雕凿的作用。梅圣俞曾说："作诗无古今，欲造平淡难。"平而有趣，淡而有味，一语天成，诗意新颖，就是一件难事了，有才华的诗人都在这方面刻意求工，做到平淡有致。当然，作诗不可能首首都好，希望作者继续努力。

把绘画的精髓带进诗歌的天地，以灵性的语言、生花的妙笔为我们描绘出一幅幅或浪漫，或空灵，或淡远的传神之作。我们期待着何智通过不懈的努力，写出这样的传世之作来。"清露一枝新"，何智正是达州诗歌界一枝新秀呢！

2015 年 5 月 27 日于渔渚山庄

读杜甫《秋兴八首》最后一首

先把这首七律诗录于后：

> 昆吾御宿自逶迤，紫阁峰阴入渼陂。
> 香稻啄余鹦鹉粒，碧梧栖老凤凰枝。
> 佳人拾翠春相问，仙侣同舟晚更移。
> 彩笔昔曾干气象，白头吟望苦低垂。

对这首七律诗自然要对一些古地名作必要的注释，以便助读者了解其诗意。昆吾、御宿两地名，在长安东南；渼陂，湖名，在长安西南；紫阁峰，终南山山峰名。

"昆吾御宿自逶迤，紫阁峰阴入渼陂"，前两句起，写实景，言昆吾御宿放眼望去道路蜿蜒曲折，而终南山的紫阁峰在渼陂湖中的倒影，就像一幅剪影。好一幅壮观美丽的远景！

"香稻啄余鹦鹉粒，碧梧栖老凤凰枝"，这两句是倒装句，说的是香稻是鹦鹉啄余之粒，碧梧是凤凰栖老之枝。因景而发感叹。

"佳人拾翠春相问，仙侣同舟晚更移"，写近景，这两句是在渼陂湖畔，很多年少的美女们在采摘野花，互相赠送、互相道着好，由于景色太美大家的游兴很好，到了夜分时间大家竟然忘掉归去。

"彩笔昔曾干气象，白头吟望苦低垂"，这两句写夔州之境，而勾起回忆在长安时的情景引发感叹。"干"即触动，"气象"则指帝王唐太宗的气象。杜甫言道，由于自己的文采出众，在长安曾经博得皇帝的注意，可是自己终究落得穷困潦倒，老居异地，已是满头白发，但我还是心怀故国，忧心国事。

杜甫所处的时代是唐朝由盛而衰的急剧转变的时代，经历了开元盛世，也经历了安史之乱（755—763 年）全过程，《秋兴八首》是杜甫大历元年（766年）在夔州因秋发兴之作；杜甫离开长安已有 7 年之久，为杜甫客居异地思念故国的惨淡经营之作。八篇中"每依北斗望京华"，"故国平居有所思"是秋兴的纲目，这首是《秋兴八首》最后一首，是他个人游赏而产生出的思念、感叹。为什么要讲这一首呢？我是想对这首七律中的颔联"香稻啄余鹦鹉粒，碧梧栖老凤凰枝"解读一下自己的体会。

胡适在他的《白话文学史》说杜甫的"香稻啄余鹦鹉粒，碧梧栖老凤凰枝"这两句不通。"啄"是用嘴去啄，香稻无嘴怎啄？梧桐是树不是鸟，怎么可以栖？应该是"鹦鹉啄余香稻粒，凤凰栖老梧桐枝"文法才对。可南开大学的叶嘉莹教授在讲《杜甫诗在写实中的象喻性》中说，杜甫写诗的一个特色，就是真正把内心的情意投注进去，他以表现他内心情意为主，而不是死板地刻画外物。

鹦鹉和香稻，凤凰和碧梧其声调完全一样，都可以倒过来写的，平仄也没错误。杜甫为什么放着通顺的语言不说而一定把文倒过去说呢？这就涉及王国维的"造境"了。王国维在《人间词话》中说，"有造境有写境，此理想与写实二派之所由分。然二者颇难分别，因大诗人所造之境必合乎自然，所写之境亦必邻于理想故也。"我们普通说造境即那个景物不是实的景物而是诗人想象出来的境物。此二句看来在写景而实际是在造境中抒发诗人的情感。如果变成胡适所言的"鹦鹉啄余香稻粒，凤凰栖老梧桐枝"对的文法了，其意就全变化了，变成了完全写实的而无杜甫所造境中的意境了。杜甫造境感叹的是香稻之多，多得不但人吃不了了，就连鹦鹉都吃不了了；碧梧之美，美得引来了凤凰不但栖落，还要终老在这碧梧枝上，再也不离开，其实杜甫的真实用意还在怀念开元天宝年间的太平盛世呢。

读了杜甫的一些诗，总觉得他的诗的结尾都是表达的忧郁情怀，前面已经说过，这是因为和他所处的历史环境和个人的境遇分不开的，好像他的前景从来就无有希望的亮点一样，从来就是悲观地看待一切，也预示着他的老景不好，从而病老于长沙去岳阳的舟中。

2000 年 5 月于渔渚山庄

赋得泉细寒声生夜壑

——赏析江国霖的一首试帖诗

江国霖，四川省大竹县周家镇八角村人，生于 1811 年，卒于 1860 年，他就是大竹相传的"江探花"。

道光十八年（戊戌年，1838 年）三月，江国霖再度进京城赴考，会试题目为"四书"首题《言必信，行必果》，次题为《万物并育而不相害，道并行而不相悖》，三题为《颂其诗，读其书，不知其人可乎？是以论其世也，是尚友也》，连考三场皆用八股进行论述。

所谓八股，其实只是一种科考制度下的文体，不带任何阶级性，也是论说文，不过不像今天所说的论点、论据、论证这样简单罢了。它分得更细，八股文体由破题、承题、起讲、入手、起股、中股、后股、束股组成。

江国霖几次赴京考试，可说是考场老手，对八股作文已炉火纯青，文论布局、遣词造句和书写得心应手，占科子中的鳌头已不在话下。试帖诗也是必考的程序之一，也是一道门槛，在试帖诗过关后才能进入殿试资格。

我们就来赏阅一下江国霖的试帖诗吧。录全诗在下：

赋得泉细寒声生夜壑
一夜潺湲送，新寒细细生。
重泉飞树杪，万壑带秋声。
急点珠跳碎，澄潭玉漱鸣。
松风回半岭，竹露浸三更。
暗绕花蹊转，凉喧鹤梦惊。
似将天籁续，真觉道心清。

地碎人俱静，山空月自明。

何如宸赏惬，太液灿朝晴。

先说什么是试帖诗，试帖诗为科举考试所采用，亦称"赋得体"。其诗大都为五言六韵或八韵的排律，出题用经、史、子、集语，或用前人诗句或成语；韵脚在平声各韵中出一字，诗内不许重字；语气必须庄重；题目之字，须在首次两联点出。清代试帖诗，格式限制尤严，内容大多直接或间接歌颂皇帝功德，并须切题。江国霖这首试帖诗完全符合要求，也与他的其他诗一样，才气逼人。试析于后，供行家一笑。

一夜潺湲送，新寒细细生。

重泉飞树杪，万壑带秋声。

两联巧妙点题，不露痕迹藏于联语之中。这一夜只听见小溪的水缓慢地流着，不知不觉感到了有一丝丝的寒意；虽是细流，然而流到涯处，便成小瀑，细流飞瀑，散落树梢，发出细细的、轻轻的响声，在秋夜也听得很明显。

急点珠跳碎，澄潭玉漱鸣。

这一联与上两联一样，还是停留在作者因听觉而产生的想象中，秋夜不可能看见水瀑如珠急急落入小潭中的碎影，只能微微听得见小潭中如玉珠般在水中洗漱的声音。

前三句都是在细微地描写夜泉在各种动态时所发出的不同声响。

松风回半岭，竹露浸三更。

此句妙不可言！虚实结合，松风、竹露可画可触，然而回半岭，浸三更就只可意会了。"松风回半岭，竹露浸三更"，神韵荡漾，虚空缥渺，把夜壑之美不但悬于眼前，更是入人心神。

> 暗绕花蹊转，凉喧鹤梦惊。

"暗"字代替"夜"字用得好巧，与"凉"字正对。人在深夜里绕着长满野菊的小路行走；"凉"字本是一种感觉的冷，可偏要用一声响词"喧"借比相配，把野鹤的梦都惊醒了，此联用得多灵动呀！不难看出，此联还是在写一个"寒声"。

> 似将天籁续，真觉道心清。

从此联起，就在因景而发感叹了。看着这夜壑中小泉细流发出的声响，好似要把天籁之声永远延续下去，此时我感觉到天地间大道的清心是无穷无尽的了，人生的短暂，比起大自然的恢宏久远，就显得渺小了。

> 地僻人俱静，山空月自明。

此联还是继续写深壑，言之这荒僻的沟壑，没有人的一点声音和人世的繁杂，唯独一轮月在空旷的山野显得更明朗。这里面蕴藏着多少禅意呀，不难使读者去体会出，只有在这夜色朦胧的僻野中，才是最清心之处，才是没有钩心斗角、虚假、险恶的地点，从而才能静静地享受大自然给予的美，才能清楚地看出事物的本色。

> 何如宸赏惬，太液灿朝晴。

结联是江国霖要表达出的最重要的愿望，言之如果能得到圣明的皇上的赏识，明晨的太阳照在天地间将更加的灿烂辉煌。不难看出他对未来是充满着希望的；也可理解为，如果圣明的皇上满意开心的话，明晨的太阳照在天地间将更加得灿烂辉煌。我为何要对结联产生这样的理解呢？其由有三：一是此诗是试帖诗，试帖诗要积极，要歌颂皇帝功德；二是江国霖的三考政论已显山露水，得到考官的好评，名列前茅了；三是他希望能得到皇上的青睐，那他的仕途就会一帆风顺，从而走向更高的阶梯。所以这是符合江国霖写试帖诗时所应发的感叹的。

此诗虽然是试帖诗，但在写作上却有着他的不同于一般的歌功颂德的诗歌的独特之处，它在艺术风格，艺术表现上都堪称上乘之作。

细细分析试帖题，它分三个必须表现的部分：泉细、寒声、夜壑，似同唐代张若虚的《春江花月夜》用五个字来表达，字字描写。江国霖不但把三个词写出来了，而且写得栩栩如生，如把泉的缓、急、轻、重，静态、动态、声响写得惟妙惟肖；写寒声，更是用笔深重，新寒是细细生，水滴树杪的声音形容成万壑带秋声，巧妙写竹露浸三更，凉喧鹤梦惊；写夜壑，是把夜壑置放在整个大环境，在此境中去写泉细，去写寒声，并且借助在夜壑中发生的一切而发感叹。此诗有动有静，有山有水，有人有物，有形有声，有景有情，虚实相应，空灵虚幻，警句甚佳，不愧为一首特别好的试帖诗。

2008 年 4 月于渔渚山庄

赏析石窝古社坪《紫云坪植茗灵园记》中的七绝诗

　　读唐艺先生之解析《紫云坪植茗灵园记》一文，受益匪浅。

　　其由有三：

　　其一，始知《紫云坪植茗灵园记》摩崖石刻乃我国迄今为止保存最为完好，记载种茶活动年代最早的石刻文字资料。在《中国茶业的世界之最》一书中写道，中国是世界上最早出现植茶石刻的国家，而我国最早的植茶石刻在四川省万源市石窝乡古社坪的岩石壁上，刻凿时间是宋大观三年，即公元1109年。

　　其二，唐艺先生在解析《紫云坪植茗灵园记》摩崖石刻中，对产生的历史背景与历史意义和现实作用及其价值都作了精辟的分析。他纵观中国茶叶史的变迁，兴衰原因及其过程，都参阅了大量的历史文献，从而，在述说《紫云坪植茗灵园记》中对王雅、王敏父子何以凿壁铭文就显得十分客观和可信了。

　　其三，对《紫云坪植茗灵园记》摩崖石刻的详细考释，唐艺先生是下了一番工夫的，他引经据典，直述旁证，所释译出的《紫云坪植茗灵园记》摩崖石刻贴切。读者阅读后对其中所述之意一目了然，此文学艺术价值深远，很值得一读。

　　我在读此文后，十分激动，也想就唐艺先生考释一节中提到的七绝诗，谈点读后感受。

　　其诗云：

　　　　　　筑成小圃疑蒙顶，分得灵根自建溪。

　　　　　　昨夜风雷先早发，绿芽和露濯春畦。

　　我先单就七绝诗的字面意义解释一下。

　　一二句是"筑成小圃疑蒙顶，分得灵根自建溪。"筑，修建，此作开辟讲。圃，园圃，此作茶园讲。疑，怀疑。蒙顶，四川省名山县的蒙山，是盛产茶叶的地方。分得，找别处或别人分到。灵根，灵草，即茶树。建溪，地名，在福建省。这两句在绝句中叫起、承。直译是：（王雅、王敏父子）在紫云坪（今古社坪）开垦了一处小小的茶园，当初我误认为是蒙山茶园呢。他们还从建溪引来了新的茶苗培植。

三四句是"昨夜风雷先早发，绿芽和露濯春畦。"昨夜，在古体诗中，时间是不确定数，不一定就是昨天晚上。先早发，最先发芽。"先"与"早"同时用在一处有重复之感，最好只用其一个，换其一字，多得一意。七绝共28 字，字字千斤。和，我释其动词，去声。濯，洗濯，此作盛满。畦，地畦，一块一块的长方形的地。这两句在绝句中叫转合。直译是：一夜的雷雨，坪上的茶树最先发芽了，今早起来，看见露珠儿布满茶芽上，一畦畦的茶园盛满春意。

我再把它用散文的形式译出来：

> 是王雅君与令郎王敏在大巴山中的紫云坪
>
> 开辟了这一片茶园
>
> 哇，这多么像名山县中的蒙山茶园
>
> 那里可是个盛产茶叶的地方
>
> 然而，当他们得知福建的建溪还有良种茶树
>
> 又不远万里把它引来植于坪中
>
> 难道说紫云坪的春天要先来到吗
>
> 昨夜一阵风，一阵雷雨
>
> 紫云坪就像洗了一遍似的
>
> 今晨起来雨停风止
>
> 站在坪中望去催发的绿芽儿上布满了露水珠
>
> 畦畦茶园，好像一下子就显得饱饱的
>
> 满满的，在春光中一闪一闪

此绝是标准的正格七绝，其笔力工稳，作者虽处宋朝，但写景抒情深受

唐诗影响，而不是以宋诗的理趣取胜，且虚实相间，其意空灵深远。

代之铭文的蓬莱游僧，他可是一个有知识的，有远见的人，云游至石窝古社坪，住在盘龙寺中绝非几日，诗中写出了"辟、植、引、管、采"的整个过程，一定是亲自经历和所见所闻的吧。我猜测，建溪远隔数千里，像王氏父子这样的足难出乡或目不识丁的土老财能知道吗？或许建溪茶树的引种，也是蓬莱僧推介引来的吧。

可以这样说，这首七绝诗，是万源在植茶史中独一无二的、有极好的艺术感染力和学术价值的好诗。

2007 年 5 月于渔渚山庄

两种处境，两种情怀
——赏析军阀吴佩孚和革命军人李萍在达县所写的律诗

　　1926 年夏北伐战争起，吴佩孚从北方赶赴前方督战，在鄂南汀泗桥、贺胜桥连遭惨败。10 月北伐军攻占武汉三镇，吴部主力被歼，从此一蹶不振。他率卫队逃向四川，流寓于四川的奉节、大足、达县等地，靠依附当地军阀为生。吴在败退途中，失落感、兴亡感、炎凉感直奔胸襟，用诗写下了当时的感受。初进四川暂憩白帝城作律一首。

感怀

万山拱极一峰高，遁迹何心仗节旄。

望月空余落花句，题诗寄咏猗兰操。

江湖秋水人何处，霖雨苍生气倍豪。

笑视吴钩自搔首，前途恐有未芟蒿。

——1927 年秋作于白帝城

　　我读此律，顿觉吴悲哀之情跃然纸上。"万山拱极一峰高，遁迹何心仗节旄。"第一句看似写景，实则是借景抒情，其意是在说，我曾经是各路诸侯来朝的吴大帅，现在却成了败兵之将，在逃遁的路上，还有什么脸面扛一面旗去见川中的朋友呢。"望月空怀落花句，题诗寄咏猗兰操。"孤寂地站在白帝城上，看见落花纷纷，只好望月而叹，作诗来寄咏兰的品质。"江湖秋水人何处，霖雨苍生气倍豪。"看见这一江的秋水向东流去，我竟然败落在逃难的白帝城上，连日的秋雨使我生出无端的惆怅，可是，老百姓却在雨中抢收显出勇气十足。"笑视吴钩自搔首，前途恐有未芟蒿。"我只有拍着头，自笑一生与行伍打交道，到头来还不知道哪一天像草一样被铲除。细想来，此诗已初露出败北下来，流离失所的悲伤。可是当吴佩孚经辗转来到达县河市被昔日的部下冷落时，内心更是感到孤独，于是也写了一首七律给在达县驻军刘存厚，其诗曰：

赠刘存厚

方寸纠纷俗累萦，无端怅触笔花生。

人因落魄寻知己，诗写牢愁见性情。

洛水梦回千里曲，蜀山望断一钩轻。

枕边莫恼鹃声恶，催起刘郎趁早行。

"方寸纠纷俗累萦，无端怅触笔花生。"诗句中，使我们知道了当时的四川是军阀混战很激烈的地方，为了争夺地盘，方寸纠纷，战火不断，吴佩孚在达县发表声明，不参与任何一方的纠葛，想到自己就是受战争所累，痛苦不堪，在他乡客居只有饮酒作作诗罢了。"人因落魄寻知己，诗写牢愁见性情。"更能看出败退后落魄的窘境。诗说自己是因打了败仗才来找知己的，然而来川后到处都受到冷遇，就像囚居在牢房中，很不开心。"洛水梦回千里曲，蜀山望断一钩轻。"想到自己在中原战事时，挥舞战刀，纵横驰骋，千里无挡的英雄气概，可是到了蜀地，却因败退而致所剩无几的地步，好个"望断一钩轻"，道出了惨败得来达县只剩下在大竹被缴了械的卫队了。"枕边莫恼鹃声恶，催起刘郎趁早行。"此句是希望主人家念及以往的交情，不要因我的失败前来暂时寄篱而恼怒，还望你早早地解救才好。

游绥定凤凰山

英雄处处出人头，又上高峰作壮游。

满眼苍生归掌握，数堆疑冢感荒邱。

萧萧木叶传边警，点点梅花为我愁。

休到昆仑山上游，中原王气不胜秋。

三首诗，每首诗的开首都写得霸气，但紧接着悲从心来，最后结语都灰心丧气，这就预示着他没有好的结果，把一个落魄后的吴大帅寄人篱下的惨状和乞求，都逼真地勾画出来了。吴大帅虽是不可一世的武夫，但却是秀才出身，读他的律诗，可以说是声情并茂，情景交融，他把自己要表达的思想，借用景物的描写隐匿在字里行间。

我们再来欣赏李萍先生进川的三首律诗。

进军西南

其一

红旗漫卷趁秋风，直指西南气若虹。

武汉关前人似海，瞿塘峡里浪如龙。

苍松翠柏千峰秀，野桔山枫万点红。

最是军歌连地起，豪情壮志震长空。

其二

一声长笛入夔门，浪激危崖豪气升。

野渡寒霜风凛冽，茅棚草暖夜深沉。

追歼顽匪挥戈急，护送军粮戴月行。

千里坚冰化春水，老农笑指启明星。

其三

雄师挺进大西南，不怕征途步履艰。

疾驶军车澄蜀水，长嘶战马立巴山。

红旗飘处民心暖，残匪歼时铁戟寒。

扫尽阴霾芳草绿，分田反霸万家欢。

李萍先生生活在20世纪90年代，我是通过我的岳父刁达钧老先生认识他的。李萍先生祖籍安徽巢湖，1949年秋进军西南，岁末至大竹县，曾任大竹中学校长、达师专党委书记、地区教育局长。李萍先生不但是一名战士，还是一名造诣很高的诗人。今读了他三首进军西南的军旅诗，在一片胜利的进军号中，我们同样感受到了摧枯拉朽的喜悦。

10月李萍先生随军进军西南，诗记录了当时的真实情况。其诗有勇歼残匪的英姿；有攀越险阻的豪情；有迎接解放的喜庆；有护送军粮的责任。李诗不用加注，一读便知其意，先生受新学影响，多用现代汉语入诗，这里就不再释义。读李诗，一股豪气入耳，铮铮之声动人心弦，用"苍松翠柏千峰秀，野桔山枫万点红""一声长笛入夔门，浪激危崖豪气升""疾驶军车澄蜀水，长嘶战马立巴山"等如此亮色的壮丽景物，来衬托其欢乐之心情，李诗豪放也！

我们再把吴诗与李诗作一比较。吴诗是"笑视吴钩自搔首，前途恐有未芟蒿"，李诗是"红旗漫卷趁秋风，直指西南气若虹"；吴诗是"洛水梦回千里曲，蜀山望断一钩轻"，李诗是"千里坚冰化春水，老农笑指启明星"；吴诗是"萧萧木叶传边警，点点梅花为我愁"，李诗是"苍松翠柏千峰秀，野桔山枫万点红"；吴诗是"休到昆仑山上游，中原王气不胜秋"，李诗是"扫尽阴霾芳草绿，分田反霸万家欢"。真是两个不同的人，碰上了不同的境遇，在同一个地方，所抒发出来的情感却迥然不同。

最后，立意上不再说了，单就在表达的艺术层面上再浅说一点。两个人作律诗时表达的风格是不同的，虽只读吴三律，也可领略出吴诗老道纯熟，旧学功力深厚，造词炼句变化新奇，物我化一，诗味浓郁，在浪漫中不失细腻婉约。而李萍的诗，我读得较多，他曾送我一卷《李萍诗集》，读之觉得气魄宏大，语境飘逸，清丽秀美，实写为主，又实中见虚，造语现代，明白如话。其二人各领风骚于诗坛，值得我们从艺术创作上去汲取营养。

2014 年 12 月 9 日于渔渚山庄

我对七律《身微步短屐痕深》解读

在达州，曾繁峻老师可谓是最高产的诗人，迄今也有七千余首了吧。随便在他的诗中抽出一首读读，都受益匪浅。"诗人对宇宙人生，须入乎其内，又须出乎其外。入乎其内，故能写之。出乎其外，故能观之。入乎其内，故有生气。出乎其外，故有高致。"（王国维《人间词话》）这是王大师对写诗者的要求，读诗人也须按这一境界去阅读。对曾繁峻老师七律《身微步短屐痕深》解读、欣赏，只是个人的观点，更深的意境，要作者自己才能说清楚。附诗如下：

身微步短屐痕深

银丝如雪映晨昏，莫叹青春难找寻。
花落花开花未杳，梦来梦去梦成真。
人生犹自多拼搏，尘世焉能少苦辛。
曲曲弯弯风雨路，身微步短屐痕深。

诗言志。诗歌写出自己内心的独特的感受，总结自己人生的得失，这是诗人的必然。这样作出的诗发自内心，真情实感，最容易引发读者的共鸣。这首七律，或许可以说是曾老师对其一生的总结，有喜有忧，有苦有甜，立足现实，追述以往。我们仔细解读，得其意，而觉意味无穷。

"银丝如雪映晨昏，莫叹青春难找寻"，言之满头如雪的白发，与早上晨曦和傍晚的夕阳相辉映，不要叹息青春一去不再回返。

"花落花开花未杳，梦来梦去梦成真"，这是倒装，为了平仄。言之花开花谢。花要按照冬去春来的自然法则，春天到后要继续其生命的勃发，可是人生如梦，但愿梦也有变为现实的可能。

"人生犹自多拼搏，尘世焉能少苦辛"，可以看出，曾老师虽然在发感叹，但感叹的是一种激励、鞭策。句中道出为了不荒废光阴，人老而无遗憾此生，必须努力奋斗、拼搏。

"曲曲弯弯风雨路，身微步短屐痕深"，人的一生并不是一帆风顺的，曲曲地弯弯地走，要经受很多的挫折，甚至无情的打击，只要自己走过这一生，不在于结果而在于过程，总会留下值得回忆的地方。

虽然王国维在《人间词话》中说道："境非独谓景物也，喜怒哀乐亦人心中之一境界。故能写真景物真感情者，谓之有境界。否则谓之无境界。"然而他又说："有造境，有写境，此理想与写实二派之所由分。然二者颇难分别，因大诗人所造之境，必合乎自然，所写之境亦必邻于理想故也。"读曾老师此诗，很有感慨地与王先生所言和拍。沉思之后也觉有美中不足之处，是否有点感慨之心景过多而借物景来抒情不足？多宋诗理趣而少盛唐空灵描写。这就是"理想与写实二派之所由分。然二者颇难分别"之道理也。曾老师是诗词老手，好玉也难免有一点瑕疵，这也是诗家的通病，不可首首皆是佳作。有所不当的解读，只是个人的赏析，望请原谅。

2015 年 8 月 22 日于渔渚山庄

点评《野趣》

野趣

风拂头飘雪，舟摇水动天。

春光不用买，秀色入盘餐。

作者刁达钧写这首五绝时已是 97 岁高龄（106 岁才仙逝），他是罗文镇老年协会会长，写的是一次驾木舟在后河春游的事。

不难看出，这首小诗是作者在很愉悦的心情下写成的。其中对事物的描述，多采用影射和借代的手法出笔。如第一句"风拂头飘雪"不是时令的描写，也不是真的由风的吹动而飘到头上的雪，而是一群白花花头发的老人在木舟游动时被风吹动头发的写照；"舟摇水动天"，三月的江水清明如镜，舟身微动，把水中的山光云影都搅动了。当我们读到这两句时，你会不会产生出一种与老人们一道春游的感觉呢？或许你也会在欢欣中像老人一样忘记了自己的年龄，如同孩提时一般贪恋美好。"春光不用买，秀色入盘餐"，这一转一结好不自然！好不传神！好不脍炙人口呀！大自然把一切美好的东西，不分贫富，不分贵贱都一律施舍于人，让人们尽情地去享用，荡漾在大自然中，诗人把春天秀丽的景色全部揽于怀中，寻觅着幽雅而高尚的快乐。由此不得不使我联想到，世俗社会中，又有不少人不惜一掷千金，在灯红酒绿中卖笑、买醉、买低级趣味。综上所述，这首诗在艺术的运用上别出心裁，在意境上更是歌颂大自然的美和对人类无私奉献，耄耋老人的无比快乐，又隐晦地讽世刺俗。全诗空灵别动，是一首现代中华诗词中不可多得的五绝！

2007 年 3 月于渔渚山庄

《咏梅》创作经过

我用散文、新诗和旧体诗词的形式多次写过梅花，乃至于有许多网友笑我娶了梅妻，这是笑话。我对梅的确情有独钟，观察梅的时候总比别人要多留一份心。梅花的讯息，是在昏暗的酷寒中给人春即将到来的展示。

我家住在大巴山，大巴山产的巴山腊梅品种多而且很优秀。2004年腊月的某一天，我从学校回家已是快六点时分，降霜时的寒冷都感觉得到，月是满的，刚从东山梁露脸，一股暗香隐隐而来，时有时无，扑你的鼻，拂你的脸，我站在月下，周围模糊，任何事物只有轮廓。

有几天没回家，梅花开得很繁，这梅种还是好友韦吉芳在自家的梅枝上嫁接给我的，我栽种到我家前院靠围墙的边上，由于水肥充足，几年时间就长成碗口粗，两米多高。"巴山梅苑"的主人余世荣来我家看见正在怒放的梅花，赞叹不已。连说数声"好品种、好品种"，玩味许久。梅瓣晶莹透彻，淡黄似乳，如琉璃铸成，谁不动容？

插队时的火石梁村，山坡松林千亩，风来则松涛起伏，涛声悦耳；社员庭院旁，竹篁茂密，夜雀叽喳，明月清风之时，搬几张木椅，沏一壶淡茶，谈桑麻耕稼，也有另一番情趣。

我的七绝咏梅，就是这样出炉的。把它抄写出来供大家评说。

春心暗动几人知？雪地霜天展玉姿。

难得松风掀竹浪，幽香浸月一山诗。

寒冬腊月，一剪寒梅，从三千年前的《诗经》飘来，穿过离离古道，越过魏晋玄风，拂过唐月宋霜，淡淡的幽香，落在大巴山的一小小院落的短墙边。

轻吟着"一树寒梅白玉条，迥临村路傍溪桥。不知近水梅花发，疑是春来雪未消。"唐代诗人张谓的这首《早梅》，透过梅花似玉非雪的表象，写出了诗人与寒梅在精神上的契合，让读者领略到了诗中悠然的韵味和不尽的意蕴。唐代另一位诗人齐己也写有一首《早梅》："万木冻欲折，孤根暖独回。前村深雪里，昨夜一枝开。风递幽香出，禽窥素艳来。明年如应律，先发映春台。"这首诗，通过清润平淡的语言，突出了早梅不畏严寒、傲然独立的内质，创造了一种高远的境界，含蕴丰富深远。唐代李商隐作幕梓州时曾写有《忆梅》："定定住天涯，依依向物华。寒梅最堪恨，长作去年花。"此诗浑然天成，一意贯串，虽意极曲折，却并不给人以散漫破碎、雕琢伤真之感。全诗潜气内转，在曲折中见浑成，在繁多中见统一，达到有神无迹的境界。梅香缕缕，撩人心帘，读着这些梅诗如饮甘醪。

宋代也有不少写梅的佳作。王安石的《梅花》千百年来脍炙人口："墙角数枝梅，凌寒独自开。遥知不是雪，为有暗香来。"诗中所吟咏的梅花，不仅让人领略到其凌寒怒放的神韵，而且给人留下香色俱佳、别具一格的鲜明印象，令人赏心悦目。大文学家、大诗人苏轼在《再和杨公济梅花》一诗中写道："莫向霜晨怨未开，白头朝夕自相摧。斩新一朵含风露，恰似西厢待月来。"诗人把梅花如霜似月的形态写得寂寂可人，把其冰清玉洁的美态呈现于世人面前，突出了梅花的清白高洁。卢梅坡的《雪梅》："梅雪争春未肯降，骚人搁笔费评章。梅须逊雪三分白，雪却输梅一段香。"却用雪梅相比，衬托出梅花的香，隐隐透出一股小家碧玉、深闺美人的幽香。陆游的"无意苦争春，一任群芳妒。零落成泥碾作尘，只有香如故。"则形象地写出了梅的孤傲，即使粉身碎骨，也羞与群芳为伍，"香"垂千古！更有林逋的七律《山园小梅》：

众芳摇落独暄妍，占尽风情向小园。
疏影横斜水清浅，暗香浮动月黄昏。
霜禽欲下先偷眼，粉蝶如知合断魂。
幸有微吟可相狎，不须檀板共金樽。

单就"疏影"一联而言，欧阳修说："前世咏梅者多矣，未有此句也。"陈与义说："自读西湖处士诗，年年临水看幽姿。晴窗画出横斜影，绝胜前村夜雪时。"（《和张矩臣水墨梅》）他认为林逋的咏梅诗已压倒了唐齐己《早梅》诗中的名句"前村深雪里，昨夜一枝开。"王士朋对其评价更高，誉之为千古绝唱："暗香和月人佳句，压尽千古无诗才。"辛弃疾在《念奴娇》中奉劝骚人墨客不要草草赋梅："未须草草赋梅花，多少骚人词客。总被西湖林处士，不肯分留风月。"因为这联特别出名，所以"疏影""暗香"二词，就成了后人填写梅词的调名。如姜夔有两首咏梅词即题为《暗香》《疏影》，此后即成为咏梅的专有名词，可见林逋的咏梅诗对后世文人影响之大。这只说到了其一，更为重要的是梅在林逋的笔下，不再是浑身冷香了，而是充满了一种"丰满的美丽"，很有精神，很有力度，也很有温度，很有未来。正因为如此，该诗才有着强烈的现实感，让人感到很真实。回到它的起始状态，作为"梅妻鹤子"的林逋，写出此种具有理想主义倾向的诗句来，着实让人们展开了一回心灵的、审美的旅游。此三绝也。

　　创作这首《咏梅》诗，我虽有特定的环境感染，但要写出与众不同的感受，不管是在用语上还是立意上都得下一番功夫。前面举例我曾经的散文《寻梅》，为我创作《咏梅》奠定了基础，让我不再走老路去思考。所以，第一，我的梅诗通篇不现一个梅字而句句言梅，表现梅的神、情、姿、香全贯穿在字里行间；第二，表现手法与众多写梅诗不同，不写貌而在不同角度刻画梅的神韵；第三，文字浅显，明白，用意至深，并有时代感。春心暗动几人知？把梅谓之冬的"春心"，这一意象是崭新而从没被人用过的，并用拟人的手法反问，加重语感，让读者从中去领会包含着的哲理，使"春心"一词扩展到某种新生事物或一个全新的观念的诞生；第四，两句转合，更是出神入化地描写出，在明朗的月光下，在幽静的山野中，一缕梅的幽香伴着松涛声声，竹浪滚滚。巧妙地把岁寒三友结合在一起了，扩大了自然空间幽、美的形象，从而增加了美的感受。"幽香浸月一山诗"，这一空间形象好美呀！美得谁都难画出来，只能从内心慢慢去品味，去咀嚼，一个"浸"字，不沾不脱，似有似无，把梅的香与月的光糅合在一起，多么形象、生动、空灵！吃别人嚼过的馍没味道，同一题材写出不同的意境，写出不同的发现，才是真正的创作。

2006 年 12 月于渔渚山庄

一幕情景剧，读《下乡落户》

背景：20 世纪六七十年代

诗歌展播：拖儿带女入柴门，渔渚陇头又一村。锄罢夕阳无个事，春风明月不嫌贫。

作者：刁达钧

镜头拉长：大巴山云蒸雾绕，山风习习，松涛阵阵。

镜头聚拢："拖儿带女入柴门"，清楚地呈现眼前，没有鸡声，没有犬吠，一儿一女在父母亲的领引下，从此走进了陌生的家门。

镜头再拉长："渔渚陇头又一村"，渔渚虽偏僻但也茂竹青翠，野渡横荡，沃田方方，渔渚是五龙山脉伸向后水的落脉处，后水在此也打了个大弯，再南向嘉陵江流去。

镜头聚焦："锄罢夕阳无个事"，集体生产收工归来，诗人出现在渔渚陇头，坐在门前的石阶上张望，不说一句话，看似清闲，无所事事，可从苍白的脸上，看得见无可奈何的感伤。

特写："春风明月不嫌贫"，缕缕春风吹来，软柔柔抚摸着头，面颊，很酥心；明月浩瀚，照着无际的大地，一片平和。诗人微微的含笑中，有谁能体味出他此时的情感呢？

读后感：这首七绝诗，好似一幕情景剧展播在眼前，时代背景、人物、环境、人物内心的独白和活动细节都很生动。这首诗粗略地读，像是一首田园牧歌，具有清新明快的风格。可是，你仔仔细细咀嚼一下诗题，就会感觉到不是那么简单的吟风啸月之事了，是一番辛酸的写照。诗的第一句，"拖儿带女入柴门"，便点出了因受诗人的株连，儿女也被迫到了农村；第二句"渔渚陇头又一村"进一步告诉读者，诗人完全告别了原来生活的环境，来到了渔渚这个陌生而偏僻的地方；第三句"锄罢夕阳无个事"，言其除整天的劳动外，都没有参加其他活动了；第四句"春风明月不嫌贫"，是全诗的关键句，是作者发自肺腑的感慨，我们是否这样去理解，诗人只有在"清风明月"的怀抱中，才能享受一点温暖与光明。"不嫌贫"，这个贫，不但指生活的贫困，更有人生遭遇的贫困。诗人对这种残酷的不公待遇感到愤慨！从另一方面也隐约地道出诗人向往自然的不分阶级、不分贵贱的博爱精神。

此诗构思十分巧妙，不露声色，不显痕迹，巧借平淡的记事，白描的抒情，把诗人真实的感情隐藏在字里行间，以免再遭受无情的打击！其艺术的表现力何等的巨大，非一般功力可成。

2006 年 2 月于渔渚山庄

读《万年青》后

秋菊冬梅八月桂，一季一花一品味。

四季如春万年青，无有花香自陶醉。

在达州凤凰山下的"巴山文学论坛"上有位不知名的诗作者，发来一首《万年青》让我品评一下，子希才疏学浅岂敢评，是不是有意来将军的？情意难却，不妨我就说说读后感吧。

作者这首绝句是古绝。押仄韵，四寘和五未韵，宽韵可通。作者意在写万年青这种植物，可一、二句均与万年青无关。这是怎么回事呢？旧体诗歌写作一般都要按起、承、转、合四步进行。起、承即是诗歌的铺垫，最为重要的是在转合上给力！一首诗歌成功与否，转得出奇，结得有力就是好诗。那我们就来具体地看看这首古绝的铺垫和转合究竟如何呢？

"秋菊冬梅八月桂，一季一花一品味。"用三种不同季节的花展示在你眼前，来说明各种花的性格、品味，来让读者懂得虽好但很短暂，这实际是作者的有意铺垫，作者其写作目的并不在这里。

"四季如春万年青，无有花香自陶醉。"这里是转折点，这才是作者要表现的目的，才是作者立意所在！言下之意，这万年青四季如春，绿油光亮，内心深处春意浓浓，没有凋零，只有蓬勃。虽不浓艳于世，也不惹蝶逗蜂，却不失清高孤傲，陶醉于山水之间。

此绝，高哉！言物寓人。其不足之处是理性过大，虽有宋诗的理趣，但无盐溶于水的隐约，少比兴，多直赋。此属个见，希作者宽量，不必在意。谢谢你的鼓励。

2014 年 8 月于渔渚山庄

赏析向一君之《初秋思》

昨宵风带雨，蜀国已知秋。
羁旅蓉城畔，却怀古宕舟。
问朋山岭事，又叹港津忧。
碧宇流星坠，深思涨九州。

此诗是一首五律，而且是一首不同一般抒发个人秋思小情的诗，此诗抒发的是忧国忧民的大情，可以说是一首值得当今传统诗词界创作效仿的佳作。此律写得如行云流水，毫不呆板，是向一君诗词中少有的精品。

写秋思，古时候一般都是写闺中妇女别愁离恨的内容，特定的时空不是在暮春便是在深秋时节，是在梧桐细雨、月斜窗扉、烛影暗淡、寂寞孤独的环境中自然而然产生的忧伤之情。可向一君偏偏选了初秋，这就会让读者产生一种诧异，就会联想到作者立意一定会另当别论而匠心独运。

我们来仔细读读这首诗吧：

"昨宵风带雨，蜀国已知秋。"其意是，哪怕是在初秋，夜里一阵雨后，清早起来也觉得不像夏日里一样燥热了，或许是几片叶的掉落，处在成都的我也感觉到秋天已来临了。

"羁旅蓉城畔，却怀古宕舟。"言下之意是因事羁旅在蓉城锦江边上，却常常思念着大巴山中家乡的人和事来。锦江是成都市内的一条河。古宕是指今日达州的渠县一带，此喻作者的家乡达州市。

"问朋山岭事，又叹港津忧。"本来打算问问家乡近来有什么新鲜的事发生，可朋友们都和我一样，都为发生在天津港的爆炸事件而担忧，并且秉笔发表自己对事件的看法。

"碧宇流星坠，深思涨九州。"一颗流星突然从天空划过，坠落在不远的地方，不得不使人一惊。爆炸给人民生命财产带来损失，由此联想到古人说星星的坠落预兆有大的灾难出现，作者此时的忧心更大了。这个"涨九州"虽然是夸张，却把作者那种忧国忧民的情怀调动到了最高处。

"初秋思"这个"思"，正是为 2015 年 8 月 12 日 23:34 左右天津滨海新区港口爆炸事故而起的铺垫，思家乡这个"思"比起担忧天津港事件来说就显得太小了，才有了"深思涨九州"这个境界的升华。

2016 年 4 月 30 日于渔渚山庄

巢县巴山总是情

　　李萍，安徽巢县人，1926 年 12 月生，安徽学院外语系肄业。1949 年 6 月投笔从戎去南京二野军大学习，秋随军挺进西南。后任大竹中学校长近三十年，1980 年调任达县师专党委书记，不久又调任达县地委委员，地区教育局党组组长、局长，1987 年离休。

　　我是随岳父刁达钧老先生几次拜访李萍先生才认识他的，他们之间常有书信和诗词互答往来，我常出差达县，我干的工作与教育局有关，顺便就经常做递送信件的事。李萍先生对人态度和蔼可亲，是一位慈祥而又文雅的老人。李萍先生离休后，重提诗笔，激情大发，诗作颇多，其诗大致可归为这样几种：军旅生涯，回忆故乡，赠答友人和杂诗。他善七律，绝大多数诗歌都是用七律来表达自己的情感的，他爱生养他的故乡，更爱几十年把一腔热血喷洒的巴山，读他的诗，诗情画意全展现在眼前。

　　先读读李萍先生的军旅诗吧。

进军西南两首

一

红旗漫卷趁秋风，直指西南气若虹。

武汉关前人似海，瞿塘峡里浪如龙。

苍松翠柏千峰秀，野桔山枫万点红。

最是军歌连地起，豪情壮志震长空。

二

雄师挺进大西南，不怕征途步履艰。

疾驶军车澄蜀水，长嘶战马立巴山。

红旗飘处民心暖，残匪歼时铁戟寒。

扫尽阴霾芳草绿，分田反霸万家欢。

征粮剿匪两首选一

少年有志薄云霄，转战西南亦自豪。
野岭孤村曾刃贼，荒寺古刹漫挥毫。
心存万众能驱鬼，志在兴邦敢弄潮。
我欲乘风登泰岳，天青月朗斗牛高。

正如尹祖健教授评李萍先生军旅诗："豪情中含清丽，秀美处见挺拔。"
再来读他的回忆故土的诗。

春日怀念故里友人

映日山花分外红，故园风物梦魂中。
雪消巴蜀来春水，雨润江淮洗夜空。
细浪如纹舟荡漾，轻烟似织月朦胧。
倚栏遥问湖滨客，佳句何时寄远翁。

除夕

日归吟罢岁将终，炉旺灯明映酒红。
窗外寒流摧劲草，街头浓雾蔽长空。
诗中长吟凌霄志，纸上焉无傲世功。
午夜钟声分两载，乡情早到大江东。

巢湖道上

抚面金风伴我归，白杨挺拔柳依依。
疏桐枝劲迎朝露，丛菊花香对夕晖。
隐隐寒山云淡淡，迢迢秋水浪微微。
乡音喜把乡情叙，万稻金黄蟹正肥。

巢湖恋（六首选一）

陈迹西川四十秋，朝朝暮暮大江流。

思亲偏是乡音少，聚首难忘连袂游。

深院花香须纵酒，大湖浪激欲驱舟。

惟期瑞雪催梅日，再叙衷情洗耳楼。

　　李萍先生怀念故乡，随便举出的几首律诗中都浸透了浓浓的情。"雪消巴蜀来春水，雨润江淮洗夜空。""倚栏遥问湖滨客，佳句何时寄远翁。""午夜钟声分两载，乡情早到大江东。""隐隐寒山云淡淡，迢迢秋水浪微微。乡音喜把乡情叙，万稻金黄蟹正肥。""思亲偏是乡音少，聚首难忘连袂游。"不难看出，字里行间隐藏着的思乡之情。

　　李萍先生的互赠诗，也可窥见其一片真诚。

答贾之惠同志

执教巴山春复秋，萧萧白发已盈头。

遍栽桃李花千树，每赏梅兰酒一瓯。

岭上松青人耿介，长河水绿性刚柔。

晚霞不让朝霞美，笔底风云势未收。

己卯岁暮寄刁达钧先生

小院红梅浮暗香，举杯遥祝寿而康。

常铺锦纸吟新句，时向诗囊觅旧章。

柳影波光渔渚月，晓风烟树石桥霜。

红尘远隔三千里，啸傲西窗日映长。

　　李萍先生的诗不光是律诗好，他的绝句也很有独到之处，读来脍炙人口。

夜泊万县怀念世星同志

午夜风声伴水声，天心月色映波明。

举头何处寻知己，十里江城万盏灯。

盛夏偶成
清风时至室生凉，一盏新茶舌齿香。
荣辱如云飘去也，闲看暮雨与朝阳。

寄李牧同志
西征万里亦英雄，击节高歌响太空。
把酒长吟觅佳句，山花江月柳条风。

李萍先生的诗气魄宏大，颇似陆放翁，其诗飘逸，豪放中又似谪仙。他善汲取前人之灵气，每每读到他诗中佳句而常拍案叫绝，如，"苍松翠柏千峰秀，野桔山枫万点红。""细浪如纹舟荡漾，轻烟似织月朦胧。""柳影波光渔渚月，晓风烟树石桥霜。""握手晨曦烟缭绕，谈心石畔月玲珑。"

李萍先生虽然早已谢世，但他留给我们的革命传统和优秀的作品，将永远铭刻在心。

2015 年 8 月 1 日于渔渚山庄

时将旧土换新沙

——简析冉长春先生几首七绝

就眼前事，就眼前景，用最简洁的、明快而又形象化的语言，现实主义的手法写诗，从而达到了高的境界，这是我读了冉长春先生绝句后总的感受。

我曾在一篇论文中谈到，现实主义诗歌在不断的发展中形成了不同的派别与风格，自乐府、新乐府再到今天网络时代中提倡的新国风，正是诗人利用现实主义诗歌面对社会，面对时代，面对人生来表达真实情感。

虽然旧体诗从复苏到发展势头凶猛，但时至今日，旧体诗发展状况不是很理想的，要么是钻到古人堆里不能自拔，要么"老干体"，真正能让读者一唱三叹的，能流传下来的好作品，一个字概括，少。读了冉长春的诗，觉得他很智慧，内心在感悟，感觉他在暗暗朝有风格有特色诗歌这方面奋斗。

冉长春先生绝句写得多，而且写得有味，可以慢慢咀嚼，余香浸入心肺。列举几首便可得知。

望北大图书馆怀毛公

日暮何人不得眠？新灯次第到窗前。

凭谁照夜明如昼，应是图书管理员。

像这类的诗很不容易写好，不知多少人写成了口水话，不知有多少又会写成应景趋时，口号满篇，了无诗味，情感空洞的"老干体"来。可长春先生怀念伟人却是抓住在北大进修时某一个晚上，看见黄昏渐起的灯光这个夜景而起兴，而发表感叹，来歌颂领袖毛泽东，真正起到了以小胜大的效果。给那些打着"反映时代气息"的旗号，遇事必吟，逢喜必歌，有节必咏的写诗者们树立了一个榜样。诸如此类：神九上天了，歌之；国庆佳节到了，歌之；党代会开了，歌之；名人诞辰了，歌之；某某大桥通车了，歌之；某某市评为文明城市了，歌之。写这类诗看似贴近了现实，其实远离了诗歌之本质，诗不是成为心灵和性情的自然感发，而成为新闻时政之报道，说教连篇，空洞无物，冉长春先生这首诗是一首写这类题材的很好的借鉴学习范例。此绝好在转结的三四句，三句用一个反问句，升华了诗歌的意境。

过卢沟桥

残痕欲觅访频频，说得分明有几人？
自把相机长拍摄，石狮一睹一回新。

写卢沟桥的作品可谓多矣。第一句的"残痕"我认为不光指 1937 年 7 月 7 日侵略军留下的弹痕，还包括中华民族心灵上的创伤，还包括以往对抗战历史的认知；第二句的承用问句显得更有力量，问频频到此一游的人，有几个在深思这段历史。"自把相机长拍摄，石狮一睹一回新。"这"石狮"只是一个代名词，其实真正的意思作者也许是对抗日战争的深刻认识吧。通过石狮联想到抗战的各阶层、各党派为了拯救民族危亡而英勇牺牲精神永存！作者把过卢沟桥很巧妙通过用"残痕""石狮"来寄托自己的思绪。

成都某旧厂见一对翁孙

老树新花处处同，分明失业是烟囱。
儿童不解当年事，笑指墙头口号红。

此诗写的是作者的一次见闻，俏皮之语言中隐含辛酸。"老树新花处处同""老树新花"我读出有两层含意：其一，此厂一年一度照旧老树还开着新花，喻其树并未失业；其二也可指这对翁孙，爷爷带着孙孙来到他当年做工的地方。可"处处同"三字连接于后其意就更开阔了，因这标题有某厂，你会由此产生出很多联想，很多与此光景一样的企业。"分明失业是烟囱"看似有点讲不通一样，可是，只要你联系前一句就知道其意的深刻处，两句连起来我们可不可以这样解读为：有与此厂一样都垮掉了工人也因此而失业，可怪烟囱不冒烟是因环境污染，不去找找其他的原因。前两句是铺垫，好在三四两句功力非凡，转得奇巧结得深思，一句"笑指墙头口号红"把特殊历史时期采取特殊应对方式的情景描写得淋漓尽致。

绿色盆栽换土口占赠友

不须有果不须花，但得青春住我家。

莫教胸怀成块垒，时将旧土换新沙。

这是一首与朋友共勉之意的诗歌。也巧含着作者自慰自勉的诗歌。虽然是在写绿色盆栽换土，然而从第一句我们就读出了不是单单换土那么简单了，它就隐喻着作者的一种思想在里边。从字面上看，他是在写绿色盆栽是不开花不结果的，只是希望植物的绿色留给我们，可是作者的真实意思，我猜也许是我们只要在人生的道路上努力奋斗了，不要太多去考虑有没有开花结果，有没有收获，只要有这段经历留在记忆里就行了。"莫教胸怀成块垒"，这一转，我们就更明白作者的写作意图，这是一语双关，盆里的土久了不换要成块垒，人的心胸不学习新的知识，也就会落伍于时代。"时将旧土换新沙"，所以盆里的旧土要时常换成新土，人的认识也是像盆栽换土一样，不断地去学习，不断地去适应新的环境，不断地去充实自己的能力。

宝石湖赏橙

十里清风绕岸香，秋波滟滟泛金黄。

行云跌入琉璃盏，更与青山醉一场。

橙香溶入清风中，橙黄染在秋波里，起承的铺垫就显得不一般了，可此诗妙在转折，造语鲜活，用拟人手法更把宝石湖的橙渲染得如痴如醉。行云、青山看见这沿岸的橙都醉了，就更不用说作者了。

我们再读读冉长春先生的获奖作品《老兵》：

> 退伍已多年，山中二亩田。
>
> 新闻南海事，五指又成拳。

获奖评语：前两句铺垫，后二句精警。末句似不曾为人道过。生动刻画老兵心理，读之令人感奋。

我读《老兵》看似平淡，二十字口语无华，也没用其他手法陪衬，然理高成趣，有东坡咏庐山《题西林壁》诗风格。前两句虽铺垫，但铺垫的承句"山中二亩田"发人深思，老兵不因退伍后在农村务农有任何怨气，也为当听到南海事时五指又成拳铺垫出老兵的本色所在。老兵的那种爱国形象跃然纸上、穿透时空！从思想性、时代性、艺术性来看都不愧是表现现实主义的一首好诗！能成为"足荣杯"丙申年度好诗词全国 7 首之一、五绝唯一，可见中镇诗社的评委们眼睛是雪亮的。

这是我随便在冉先生自作的集子《休休子集》里拿出的几首来共享。记得川东散人看《休休子集》后并圈评后再推荐给我读，还说看后也可在集子上圈评，并说这是冉长春自己说的。可见冉先生的创作态度是多么的谦虚，要让大家提意见，要听取不同的意见来提高自己的创作。用他诗里的一句话来说明他对待写诗的态度，真正是"时将旧土换新沙。"

绝句字少，很难组合变化，写绝句一定要言简意赅，含蓄深沉，不露筋骨，让读者一唱三叹想象无穷，如羚羊挂角，如水中之盐而求得意象空灵。冉长春先生写现实主义的绝句，有他独出心裁的一面，他不是在单纯地写景状物，停留在表层，而是寓意于物象之外，从虚见实，格调超逸，妙趣横生。

2016 年 7 月于渔渚山庄

读廖灿英庚兄绝句所想

当今的传统诗词究竟怎么写？怎么去表现现代纷繁复杂的生活？一直困惑着所有写诗的人，大家都在思考，摸索。可以肯定地说，古人的路子是需要拓宽了，坚持"求正容变"，既继承传统，又勇于创新，体现时代变化，反映时代精神是当代诗词发展所必须提倡的原则。"求正容变"正是我们应该去研究和实践的路子。网络论坛中有的提出"歌体诗""新竹枝词""新国风"。刘庆霖曾提出"旧体新诗"的概念，主张"用旧诗的形式创作新诗，用新诗的理念经营旧诗"。他的如"一把镰刀一丈绳，河边打草雪兼冰。捆星背月归来晚，踩响荒村犬吠声"（《冬天打背柴》），"远处雪山摊碎光，高原六月野茫茫。一方花色头巾里，三五牦牛啃夕阳"（《西藏杂感》之一），又如"千里平畴春意盈，停云俯瞰有苍鹰。纵横田野如花布，杂乱乡村似补丁"（《杂感》之七）是何等的鲜活呀。读灿英庚兄绝句也有同样的感受。各选他两首五绝和七绝一起来品味。

晨柳送别

枝上蝉声歇，丝头素月游。

浓浓一杯酒，三步两回头。

我们从诗题上解读，说的是早上在柳岸边送别亲人远行（这里我们把他认为是去外地务工也可），古诗词中多有借物杨柳岸妻子送别丈夫的用法。既然是送别亲人远行，古今都有着的同感是依依不舍。"枝上蝉声歇"，这第一句中一个"歇"字，便大开境界，蝉本该是叫着不断声的，柳丛中可以说是此起彼伏，然而是在送别亲人这样一个特定的时空中，连枝上的蝉都不鸣了，写得多么深刻呀。"丝头素月游"，言之看见柳丝头还有一轮皎洁的晓月在慢慢游动。起承两句是烘托送别的环境，虽然在写景而实际情在景中。此绝绝妙之处在转结的三四句"浓浓一杯酒，三步两回头。"用一句特别的拗句"浓浓一杯酒"，音调更显得张合有力。一杯酒浓哪里有一腔情浓呢，走三步却有两步在回头看呢，其情之深其意之重跃然纸上。读完这首诗使我想起了李太白的一首《送汪伦》："李白乘舟将欲行，忽闻岸上踏歌声。桃花潭水深千尺，不及汪伦送我情。"传统诗主张含蓄蕴藉，宋代诗论家严羽提出作诗四忌："语忌直，意忌浅。脉忌露，味忌短。"清人施补华也说诗"忌直贵曲。"然而，李白这首诗的表现特点是坦率，直露，绝少含蓄。而《晨柳送别》却真正做到了语不直、意不浅、脉不露、味很浓。

灿英兄写诗很爱品味，就像开江人吃一餐饭在桌上玩味十足。借他的酒菜不妨我们也来玩味一番。

榕荫围弈

烈日撒骄焰，华冠一盖收。
二三花白叟，较劲在鸿沟。

这首诗是在说几个白发老者在榕树的浓荫下下棋，有的在下棋，有的在看棋，双方难免对棋步有不同意见，这样一件生活中的寻常事，灿英却写得趣味十足。灿英兄的诗出笔就用力，"烈日撒骄焰"一个"撒"字就活脱脱地把炎热表达出来了，"较劲在鸿沟"大胆用俗语"较劲"，可偏偏这俗语在此，味道就浓烈了，就够品味了。再读一首麻辣味。

回老家

疾步若狂摔一跤，桥边老柳把头摇。
弯腰伸臂欲相挽，好个当年淘气包。

这首《回老家》，欣喜若狂的样子把我都感染上了，差点也撞到桥边的老柳树上。这是他若狂时打洋晃（方言，走神）造成的，这是他没改当年在家时那副淘气包的个性造成的。活脱脱在读者面前展现出生活中常有的人物形象和常发生的事来，只不过在灿英兄笔下更加生动而已。这首《回老家》够川味吧。

我们再读读一首清新而充满喜乐的诗。

犁田

春天来到犁耙上，汗播西畴耕事忙。
昨夜一镰秋雨梦，手头还有稻花香。

写农事灿英兄运笔在一个巧字上，单单选一个"犁田"来抒发感情，而且不直接写犁田如何。而用通感的思维方式巧妙写出春已来到犁耙上，让读者去产生联想春天来了该春耕了。第二句是承接上句用"汗播"更为形象生动。第三句更是巧用，"一镰秋雨梦"，旧体诗有些句子看来不通也没逻辑性，但这就是他的特点，读者一看就明白是啥意思。"镰"用在这恰恰是说收割了，借梦而产生联想，借梦而抒发情感，犁田时就想到了手头的稻花香。正如，中华诗词学会副会长兼秘书长林峰先生点评《犁田》那样："田园诗向来为诗词百花园中之一朵奇葩，芬芳无比。亦为历朝诗家所重，代有名篇。此诗亦写山乡农事，显得趣味盎然。冬去春来，万物萌发。然此间诗人不言春到田畦，或春满渠垅，而说春到犁耙之上，堪谓别出心裁，于此亦可见诗人与众不同之慧思。且春到犁耙又暗喻乡邻耕作之始，具一语双关之妙也。'汗播西畴'承接上句曰：庄人挥汗如雨，写劳作之累。虽未过多纠结于场景描写，但一幅热烈繁忙的田园生产画卷已宛然再现也。至三句诗中笔触陡然一变，由动入静，由实而虚，佳境遂成。曰：诗人夜来一梦，见花雨缤纷，秋实累累，农人锄镰挥舞，欢声四起，好一派丰收景象也。及至梦中醒来，犹觉手中金穗在握，稻香不绝。诗人借梦抒怀，托物言志，把自身对田畴丰收之渴望和对农人美好生活之祝愿融入其中而不见纤痕，是其精彩之处。读此诗则令人想到唐朝利登《田家即事》中'小雨初晴岁事新，一犁江上趁初春'之名句。全诗结构明了，条理紧凑，写农事而又不止于农事，显得灵芬四溢，情致嫣然。"用旧体诗的形式来写当代人的生活与心态，在通俗欢快的语言中透着乐观与幽默。灿英兄的诗读来清新、风趣、幽默，其主要原因就在于此，他善于把现代白话注入旧体诗内，从而使旧体诗形成了新的活力。中华诗词自古就有"诗家语"的说法，强调诗之所以为诗，首先必须用诗的语言来写。但是，随着时代的发展，传统诗词语汇系统已不能完全承载新时代的新事物、新思想、新境界，必须与时俱进，用当代的新语言特别是要注重吸纳口语、大众语入诗，灿英兄做到了。

2016 年 8 月于渔渚山庄

我读谭顺统先生《癸巳杂吟》

　　清道光年间，龚自珍作《己亥杂诗》315首，其中第220首的"九州生气恃风雷，万马齐喑究可哀。我劝天公重抖擞，不拘一格降人才"被广泛流传。究其原因，这是一首出色的政治诗，洋溢着爱国热情，被柳亚子誉为"三百年来第一流"，这也是我教学生时自认为最能激发爱国热忱的七绝之一。

　　前不久，谭顺统先生托人把他新出版的《云痕一抹》诗集赠送于我，手捧佳韵心感谢意。谭先生擅长作律，特别是律中二联尤为工稳，贴切，机敏灵动，读之拍案。无论七律五律，上品甚多，喜目悦心，精致可餐，这里不妨举出几例供大家欣赏："中秋明月夜，露重菊风凉。野道归行客，宽阶迎媚娘。窗飞娇俏语，情暖醉红裳。小桌一壶酒，温馨入梦乡"（《夜归》）；"布谷催耕急，萋萋草色明。春深新叶茂，水富碧波清。吟客嗟农事，村翁诉社情。君看门洞里，一片斗麻声"（《暮春偶拾》）；"牛蹄总拖沓，任尔怒挥鞭。白水波痕浅，青山野蔓牵。堪嗟楼比立，未解地荒闲。竹下何喧噪，人归抱酒眠"（《叹春》之一）。写得何等深刻，写得何等深入人心，入木三分地把时下农村现状，用诗歌的形式展现出来。

　　我还想在这里单独再对谭先生的《癸巳杂吟》，把阅读后的一些领会说出来与大家讨论。

　　谭先生《癸巳杂吟》共12首，我认为也是爱国的政治诗歌类，吟的是一个时期内社会中大家十分关心的社会时事。正如龚自珍作《己亥杂诗》一样，是在一定的历史背景下的咏叹。不妨举出其中几首来欣赏。

癸巳杂吟之一

怅望残阳欲下坡，吾心戚戚又如何？

青天修月无神斧，沧海寻珠有恶魔。

> 林大从来飞鸟杂，塘污自是烂虾多。
>
> 平生不屑谄媚客，独向松山听鹤歌。

杂诗的写作历史背景是 2013 年，可以这样说，2013 年以前的一段时期中，社会中腐败现象极为严重，老百姓深恶痛绝，都希望快快治理，如若继续这样烂下去，还不知道其后果是如何的。谭先生写杂吟就是代表老百姓心声而吟唱的。

"怅望残阳欲下坡，吾心戚戚又如何？"看见夕阳西下显得十分惆怅，我一个普通老百姓，看着社会腐败的风气，有什么办法呢？"戚戚"当忧愁状讲。

"青天修月无神斧，沧海寻珠有恶魔。"月残了，青天也没有好的办法进行修补，在苍茫的大海中去寻找美丽的珍珠，还会时时遇见凶恶的魔鬼。"神斧"言好工具、好办法。"恶魔"指阻碍惩办腐败的一切败类。

"林大从来飞鸟杂，塘污自是烂虾多。"森林大了飞来的鸟就多、杂，污浊的泥塘中受污染的虾子就多。

"平生不屑谄媚客，独向松山听鹤歌。"我这一生对待那些谄媚之人从来都是不屑一顾的，宁愿独自一人在松山上听鹤鸣唱。

谭先生杂吟的这第一首可以说是整个十二首的总概，既写了因整个社会风气的败坏而忧心忡忡，又言自己的个人品德是绝不同流合污。"青天修月""沧海寻珠"这是渴望励精图治，希望在这险恶的环境中能有杰出人才出现，并寄托重新有好的党风社风。

《癸巳杂吟》之二中的句子写道：

> 惯看猾贼进身易，始信清臣报国难。
>
> 盛世尤当风气正，休教禽兽也衣冠。

言之社会中看惯狡猾的、思想败坏的人还容易提升，可是清廉人报效国家，为党为人民做好事却挺难。我多么希望看到国家处于盛世之时风气正，不让那些禽兽衣冠楚楚当道。谭先生在杂吟之二就急切地把自己图治的观点摆出来了。

我们再看看《癸巳杂吟》之十一：

> 莫诧中山那匹狼，绿头蝇子也猖狂。
> 有钱可使风偏向，无色何来蝶采香？
> 梁上惯看猫鼠戏，坊间谁问马牛忙？
> 平生厌说衙门事，却喜新闻剑吐芒。

"莫诧中山那匹狼，绿头蝇子也猖狂。"是说在这样的社会环境中，不要惊诧恩将仇报的中山狼是那么凶残，就连在臭烘烘中生存的绿头苍蝇也很猖狂的。

"有钱可使风偏向，无色何来蝶采香？"这是一种什么样的社会环境呢？是有钱就可以随便左右风向；哪有蝴蝶不采香色的呢？是靠女色就可以把腐败分子拉下马的。

"梁上惯看猫鼠戏，坊间谁问马牛忙？""梁上"一词这里我们把它当作脱离群众的人，言指脱离群众的某些官员，他们只知道吃喝玩乐。"坊间"原意指街头巷尾，引申为民间。"牛马"引申为老百姓。此句言指有谁来关心老百姓的疾苦呢？

"平生厌说衙门事，却喜新闻剑吐芒。"诗人说他此生最厌烦摆谈政府中那些事的，却很喜欢新闻中那些声讨腐败分子有火药味的报道。这里的厌说，本意是讨厌说，而实际是很关心国家大事。

从列举的这几首诗来看，谭先生用杂吟很形象生动地反映现代生活，反映国家、人民关心的大事。他的杂吟虽在意境和艺术上还不能与龚自珍的杂诗伦比，更不能与他杂诗中的名篇"九州生气恃风雷，万马齐喑究可哀。我劝天公重抖擞，不拘一格降人才"伦比，但谭先生在他所处的地位，所处的环境能写出这些国家和老百姓关心的重大社会现象，而且是艺术性很强的诗歌就很不简单了。并且，写这类型的诗歌很不好写，也不容易写好。纵观时下各类报纸和一些杂志，十有八九写成的不是"老干体"就是标语、口号或是唱词、快板样的语言，大话连篇，而且不生动、不具体、不形象，还不如站在台上振臂高呼几句更引人注目。

　　谭先生不但律诗写得好而且高产，几乎每天有诗出炉，他长期细致地观察，长期不倦地写作，除这卷《云痕一抹》外，之前还出版了《洗诗明月湖》，他这种创作之精神，很值得我们学习。我相信谭先生还会写出更多更好的诗作，我们期待着。

　　　　　　　　　　　　　　　　　2017 年 5 月 17 日于凤凰山畔财茂佳苑

《放学至汇溪渡口》创作谈

我们首先来读读这首小诗："蝉鸣柳岸口，月上苇稍头。野渡舻声响，山藤懒系舟。"翻译成白话文即：远远望去，月儿已经升上了那一片苇叶尖头，夏蝉伏在河岸边的柳树枝上，还在不停地鸣叫着。放学归来的诗人这时已到岸边渡口，见那只小小的渡舟，用一根山藤懒懒地、很随便地系着，可船篷中不停地传出船工的舻声来。

小诗写出了傍晚时分在渡口那一刹那间的感受，短短的二十字，却有远景近景相映，蝉鸣人舻互动，淡淡的、甜甜的味道隐约诗中，好一幅傍晚野渡水墨图！

然而，诗人的目光并没驻足在风景的陶醉之中，并非是在描景，而是诗人把情不知不觉地融化到景中去了。

先说第四句中一个"懒"字，表面看是在说船工的疏懒，实际呢是体现出船工的古朴、直率、无忧无虑、顺其自然的心态。第三句不难看出是从韦应物《滁州西涧》中"野渡无人舟自横"脱胎而化用来的。不同的是韦诗是无人而此诗是有人，此诗立意的高妙之处就在有船工的出现，诗人连同那些几十年风雨无阻在学海渡舟的乡村任教老师，不正是与那位毫无机心又要为他人送渡的船工有着相同之处吗？

2007 年 8 月于渔渚山庄

花木兰赞

铁马关山月，金枪大漠尘。
乾坤机杼织，千古女儿身。

　　我重新读了《木兰辞》，并再次听了豫剧《花木兰》，使我产生了创作的冲动。花木兰这一巾帼英雄的形象，一下跃然纸上，于是就有了"铁马关山月，金枪大漠尘"两句，把她"万里赴戎机，关山度若飞。朔气传金柝，寒光照铁衣"和挥枪激战、沙尘飞扬的景象联系起来。"可汗问所欲，木兰不用尚书郎，愿驰千里足，送儿还故乡"，于是就有了"乾坤机杼织"，写出了木兰不羡荣华富贵，而愿过老百姓的日子，装日月于心中，也可织出美好生活。"千古女儿身"是我最后的感叹，像花木兰这样的女英雄才是值得千古传颂的。

2015 年 5 月于渔渚山庄

《梅颂》的点评

原作:

> 小院庭幽梅倚墙，月光斜照影留窗。
> 芝兰作伴吮霜露，修竹相邻度夕阳。
> 地冻天寒花怒放，冰清玉洁蕊芬芳。
> 枝开万朵傲风雪，俏不争春溢暗香。

改后:

> 小院静幽梅倚墙，月光冷照影摇窗。
> 松声作伴餐冰雪，竹浪临风度夕阳。
> 不畏天寒情独放，只缘玉骨品高扬。
> 梦中一笛梅花落，栏外轻浮阵阵香。

评点:

秋池先生给我一首《梅颂》，请读后给点评一下，我把我的意见写出来，也发给大家，所谓奇文共欣赏，疑义相与析吧。

粗略地读这首律诗，觉得还不错的，用韵准确，基本合律，用词也漂亮，意境也还是开阔。但仔仔细细阅读一下，若是用写诗和写律诗的要求来看，就觉得此律还有许多值得商榷的地方了。

"小院庭幽梅倚墙，月光斜照影留窗。"此句三个地名，"小院"和"庭"在一处显得多余，因在夜里，把"庭"改成"静"字；第二句把"斜"字改"冷"，把"留"字改"摇"，一下子就活跃传神了。前两句一静一动，把梅的居所与其关系描绘出来。

"芝兰作伴吮霜露，修竹相邻度夕阳。""芝兰"喻其友好朋友，在此用得不当，因"芝兰"所生长时令不同，"霜露"也是一个在冬一个在夏怎么能与写主体的梅花联系得上呢？常言松、竹、梅是岁寒三友，虽然说历代诗人都爱用三友联系来表达，然而把同一物境化变成心境意义就完全不同了，这里何不也用一下来抒发你特有的情感呢？

"地冻天寒花怒放，冰清玉洁蕊芬芳。"地冻天寒，冰清玉洁，太熟了，别人用过多次的成语如果诗再来用就是偷力！写诗在如何运用语言上一定要用富有表现力的而且有特点的语言，白描的、朴实无华的语言或许会更生动，古人写诗流传下来的多是形象化的、有哲理的白描语言。

"枝开万朵傲风雪，俏不争春溢暗香。"我们不难看出，这一联犯了与上联同样的毛病。纵观秋池先生的《梅颂》诗，有多少句在言天冷，多少句在言花开，多少句在言花香，一首律诗只有八句五十六字，字都不能重用还能允许意重吗？写诗的人一定要注意的。

2013 年 4 月于渔渚山庄

七绝《垂柳》点评

刁桂烈是我的妻兄。旧体诗词我们都是受教岳父刁达钧。2004 年 3 月的某一天下午，刁桂烈拿一首刚写好的七绝给我品尝，片刻之后，我发自内心的一声，佳作也！此绝乃物情并茂，寓意深刻。现录于后：

寒风猎猎折枯丝，细雨酥根正及时。
待到新芽开口笑，春风摇绿第一枝。

这首诗表面看来是一首写柳的咏物诗，其实不然，这里正是诗人在借物抒发自己内心的真实感受。他创作此绝的背景是其父在 1957 年因"反右"而被错划为"右派分子"，下放到农村进行改造，受其株连举家下放农村，那时他还处在不懂事的孩提时代，一晃竟有二十余年，"文革"后纠正错误，从而获得了新生。他借物抒情就不难读懂其诗立意了。

再来细品，"寒风猎猎折枯丝"，其表面意是寒冷的风无情地吹折了丝丝的枯枝，其实际在言"极左"路线极其残酷，连子女都要受株连；"细雨酥根正及时"，表面意是酥酥的细雨及时落下滋润大地，而实则在言党的正确路线和政策就像及时的春雨一样，浇洒在受迫害的所有人的心中，使其得到新生；"待到新芽开口笑，春风摇绿第一枝"，此诗妙就妙在转结之处，这是全诗的主旨。其言重获新生的嫩芽蓬勃生机，全得于春天的阳光雨露。是的，春天来了，万物复苏，和煦的春风吹拂柳枝的摆舞，大自然一派生机，怎么不激发出诗人的感激之恩呢？诗人又怎么不努力学习努力奋斗呢？又怎么不发出对春天、对祖国、对党的政策的赞美和歌颂呢？所言中有不知其"害"便不知其味，诗人受害其中，当然最知获得新生后的味道了，我这样来评赏诗人的心境应该不会产生是在拔高其意吧。此绝在艺术上采用比喻手法，寓意深刻，立意高标；用语生动形象，"折、酥、笑、摇"四个动词像一根线贯穿全诗，写出了诗人不同时期的亲身体会。

2006 年 7 月于渔渚山庄

学者、诗评家尹祖健

我随岳父刁达钧去尹教授家两次，他住在达城西街供销社家属院楼中。我还没见过私人藏书有那么大规模的，尹教授的书斋全是书柜书橱，万册有过吧。高瘦的个子，说话文雅书气，态度和蔼，在他家没有一点拘束的感觉，是一位很值得尊敬的长者。第二次是1995年12月18日，还是随岳父一同去的，走到二楼他家见门已锁住，问及邻里方知尹已猝然离世，师专正在为其开追悼会。九十高龄的岳父听后，老泪盈眶，叹息不断。

岳父《渔渚诗抄》的序乃尹教授所写也！三千余字，字里行间都是尹心血而成，1995年10月动笔，几经修改，12月18日岳父还没收到（尹已邮出），正亲临尹教授处索取，然却仙去。《渔渚诗抄》的序乃教授此生之绝笔！岳父回家立即写出五哭尹祖健教授诗歌，追悼其一生人品和学识。选其三哭于后共哀。

哭尹祖健教授
1995年12月15日闻尹教授猝然逝世恸悼五首。

其一
呕心泣血翠屏边，润物无声四十年。
尽瘁一生谁藉慰，争芳桃李满蹂山。

其三
家藏万卷苦钻研，才气纵横溢大千。
萧鼓匆匆乘鹤去，有谁诗话续通川。

其五
噩耗惊雷恸断魂，碎琴聊以谢知音。
蓬莱远隔千山外，老泪阑干洒暮云。

尹祖健，达县大树人，生于 1931 年，瘁于 1995 年 12 月 15 日，达县师专中文系副教授，他自幼刻苦攻读，西师毕业，曾是国学大师吴宓先生的得意门生。"他嗜书成癖，藏书极丰，他博学宏识、治学严谨、秉性正直、真诚待人，故为人敬重"。（贾之惠语）尹教授善诗评，著有《通川诗话》。"在这册诗话中，或对作品阐幽发微，多方考证，缜密分析，作出定论；或记述作者故事，探究作者思想，评价人品等等，颇多独到见地。同时行笔流畅，文采斐然，实为随笔之佳作。"（贾之惠语）尹教授留下的诗不多，实为遗憾，现录几首，以飨读者。

谒姜女庙

1982 年 8 月

望夫山上姜女庙，山海关东坡陡峭。

白又八级攀云梯，姜女最上显崇高。

龛有塑像女未亡，鹅黄衣衫貌端庄。

渤海水波胸中涌，眉微蹙兮视远方。

侧有巨石曰望夫，千年血泪流已枯。

万里长城空筑怨，杞梁贞妇啼呜呜。

塞色苍茫漫阴云，塞土紫暗碧血凝。

民脂耗尽高墙立，刘项兵入咸阳城。

祖龙已随劫灰灭，断壁依稀认泪痕。

身化石兮情未了，海涛夜夜哭精魂。

我不敢乱评此诗，怕评不够故人的情怀。我只能在字里行间去体会"万里长城空筑怨"，我只能去咀嚼其中"龛有塑像女未亡，鹅黄衣衫貌端庄"，我只认为诗歌的力量是告诉世代的子孙从诗歌中去认识历史，认识纯真。尹教授在作诗，也在作史，因他的不同点是，他不光是诗人，更是学者。

赞"晚霞队"

1994 年三八节，达川市县三千妇女歌舞游行，盛况空前。其中达县"晚霞队" 尤引人注目，诗以赞之。

天际红云扑面来，如火桃花灿烂开。（好壮观！气壮山河也）

梢头荳蔻风华茂，舞步凌步绝尘埃。

头上何所见？青丝翻波澜。

手中持何物？带露红牡丹。

身上甚装束？彩霞裁作衫。

脚底鞋奚似？并蒂开白莲。

闪光灯下青春驻，艳装浓抹好画图。

人间自此增丽色，点染江山气象殊。

倾城空巷人涌潮，睁睹芳容耸肩高。

难识庐山真面目，霞光一片舞袖飘。

归来仍一媪，铅华洗净依然还我旧身腰。

岁月无情花甲外，舞且蹈兮烦恼抛。

开口常笑，乾坤不老。

潇洒走一回，风流看今朝。

尹教授博学，其诗有乐府歌痕，有魏晋赋韵，有楚辞影印，采其众家，觅其一甜，古为今用，古乐今声，或歌或叹，自成天籁。读之脍炙人口。

尹教授已作古，然而他的音容笑貌将与其诗话、诗歌，常飘展在眼前。

2015 年 8 月 10 日于渔渚山庄

春风又染大巴山

——《戛云亭诗词》创刊号述评

戛云亭诗社经一年多的筹备，终于在 2013 年 3 月 30 日诞生了，一并发了《戛云亭诗词》创刊号。观其宗旨，很是合拍时代，发扬传统的。在诗词创作上，传承"新乐府运动"的开辟者，倡导者白居易，元稹的诗词创作道路，把"文章合为时而著，诗歌合为事而作"作为办刊理念，主流方向，坚持"双百"方针，致力于诗词创作的民族化、现代化，致力于创作的时代特征和艺术性。

创刊号开辟了"戛云风流""贺语缤纷""律绝芳菲""雅词丽珠""散曲新度""古风新咏""赋海浪花""楹联荟萃"八个主打栏目。细细品读，甚觉处处有铿锵之声，如玉珠落盘之润响。

贺诗是不好写的，很容易落为客套话和口水语。可是，当我读到开篇第一首胥健先生诗意盎然的贺诗时，顿时眼睛一亮，击案而颂"春风有染大巴山，万紫千红景最妍。更喜戛云诗荟萃，群贤共唱艳阳天。"把他对戛云亭诗社的希望寄语于诗中，情景相融，不显山露水，可谓绝妙！

创刊号最耐品的要数"律绝"和"词"两个栏目了，编选者首先在合律上严格要求，再根据各自独有的特点选出来供读者欣赏的。

我欣喜地读到米槐先生的《纪念红军入川八十年》和《犀牛山漫兴》、曾繁峻先生的《花间行吟》八首、朱景鹏先生的《贺胥健先生的〈岁月浅吟〉出版》、安全东先生的《大巴山杂咏》、谭顺统先生的《竹》、寇森林先生的《回乡见闻》、廖灿英先生的《王老广福品茗》、向胤道先生的《季春鹿顶寨》、邓建秋先生的《渠江徒步》、鄢国灿先生的《秋柳》、刘光烈先生的《游真佛山有感》、何智先生的《晓村》、刁桂烈先生的《雷音度假村》、李荣聪先生的《乡居》等，这些都值得我们好好去读读。

我们读这里面的句子，如同饮着夏日里的甘凉，安全东的《大巴山杂咏》、李荣聪的《乡居》，首首珠玑，把大社会与小现实，把物与我焊接得自然，让你去感受大巴山农民今日的生活，他们承元、白诗风，走诗为合事而作的关注社会、关注民生的现实意义创作的道路。鄢国灿的《秋柳》，他精确而细腻的描写中蕴藏着深刻的哲理，信手拈来，不显斧凿之痕。很多律绝中佳句多多，如“问谁在此洒香水，致得鲜花月月红。”“蕾凝素雅花称洁，天赐清纯风送香。”“铁钩生古趣，银画接时风。”“久违白鹭两三个，时歇时飞秀自由。”“花盛乱开三月树，船轻遥带一江风。”“崇山尽染谁同醉，胜境初来我已痴。”“檐露两三点，晨啼四五声。”“一口湘音万山绿，春风浩荡焕神州。”等等。

词分豪放、婉约两派，但不管是哪派，若大而空者，不为好词！豪放、婉约两派读者有各自的嗜好，评词很难把握，风格各异，牌律参差，很费心神。发在《戛云亭诗词》上的词读后，就个人而言，觉得有这些词家的词可读性比较好，如：郭宗祥的《八六子·清思成冰》、方亦盛的《鹧鸪天·回家》、曾宪翥的《沁园春·归休》《相见欢·回乡》、朱景鹏的《行香子·赴凝翠园题赠诗友》、李荣聪的《浣溪沙·秋》、武礼建的《蝶恋花·教师颂》和《桂枝香·贺开中建校八十周年》。散曲中有曾宪翥的《一半儿·戏说》和《拨不断·读信》等，何智的《醉扶归》、向胤道的《套曲·端午屈原祭》等都很有嚼咬和玩味的余香。“几回杨柳如丝，月冷露升，微风私语曾经。忘却满怀惆怅，消磨几盏孤灯”，可谓婉约？“把酒吟诗，踏波垂钓，月下花前觅晚香。休懈怠，用苍颜赤胆，再诉衷肠”，可谓豪放！古风诗中也不乏好诗。子希的《凤凰楼歌》、李荣聪的《有感菲侵黄岩岛》、吴承海的《赞黄山环卫挑山工》、石兆华的《师德双馨》、朱文惠的《北岩遗址》等等，我就不再多说了。

戛云亭诗词开辟的“戛云风流”，是最有刊物特色的一个栏目，它把达州古往今来的有造诣的诗人介绍给读者，这也正是显示出一个地方的文化底蕴究竟有多深远，究竟继承和发扬得如何，希望多挖掘，多注意新人，我想以后再集中编选成册，是多么有意义的事呢。

一本刊物难免没有瑕疵，比如说有些篇就图解时事，有概念化、口号化出现；有些诗词用成语表达，不形象化；有些诗词只在表面叙述，深度不够，读来无味，更不用说意境深邃了。写诗填词是用文字形象化地表达，写出自己的感受来，不是叫你重复报纸杂志频繁刊登了的某些事件的来龙去脉。所以你下笔时一定重在描写，或借景抒情，或情景相结合，在景中言理，在情中言志。诗词是艺术，我们在评价诗词写得好与不好，是用艺术的眼光去审视的，我们的审美角度是落在美的艺术性的。诗词字少，每一个字都要承载着不可轻视的重量，所以古人说"一字值千金""语不惊人，死不休"，每每写作，重在反复推敲，不得随便落一字在纸上的，这里我和大家一同努力，也作一首小诗共勉吧：

同在夏云勤笔耕，春光朗朗百花荣。
与君齐上翠屏岭，唱彻青山不老情。

2012 年 7 月于渔渚山庄

万源驮山公园徐庶联的浅析

今翻阅黄太茂先生选在《名胜古迹楹联趣闻录》（1985 年 5 月广东旅游出版社）中，选登了一首徐庶像联。言在四川省大巴山区万源市驮山公园，有三国著名隐士徐庶石像，高四米，正面底座刻有"徐公亭"三大字，背刻楹联曰：

> 走马荐葛，三分天下传千古；
> 举贤任能，一统江山固万年。

徐庶，字元直，本名徐福，三国一代名士，受司马徽劝投奔刘备，备以上宾礼待，备赞徐有王佐之才，命为军师，共谋天下大业。曹操同样慕徐的才能，特用计将其招纳归曹。徐庶辞刘赴曹营，临行，刘备送了一程又一程，最后相泣而别，正当刘备立马林畔，凝泪相望之时，徐突拍马回头，告诉刘备，在襄阳城外二十里地隆中，有一奇士何不求之，说若得此人，无异周得吕望、汉得张良，如我与此人相比，如同寒鸦比凤凰，得此人辅佐，何愁天下不可得之。并策马卧龙岗，入见诸葛亮，劝其施展平身大才辅佐刘备，以安天下。这就是史称"走马荐诸葛"的典故。诸葛亮辅佐刘备后，果真出现了历史上的三国鼎立的局面。所撰此联则概括了以上史实。

遍查文史，徐庶都没有结局，仅有两处隐居的传说。一处即是青岛胶南帽子山，那是曹魏管辖的地方，同时又远离长安，这时的徐庶不可能去那个地方隐居，那只能是他早年杀人躲祸的地方。另一处就是大巴山万源境内的花萼山。徐庶隐居花萼山，凡大巴山区的人，一代代老少相传，妇孺皆知，摆谈起两千多年的事，犹如在昨天发生的一样。传说就是口碑，口碑也是碑，它的真实性和善美意义远远超过纸载和石刻，那是刻在大众心灵上的无字丰碑。据《万源县志》载，花萼山山顶南天门曾建有祖师庙，上盖铁瓦，左建炼丹台，右悬巨型铁钟，前面有四时不涸的九龙池，庙内塑徐庶像，世称花萼老祖。祖师庙始建于哪朝哪代不详。清代嘉庆时期，四川提督罗思举重修庙宇，新塑徐庶神像，花萼山的花萼老祖便一举而闻名数省，来自川陕渝鄂的赶庙会、焚香者纷纷登临，香火甚旺。花萼山东面有一座与它比高的八台山，据传徐庶百年后便仙葬在八台山中的百堂藏，这只是万源之说。徐公亭据说是1950年被毁坏的，1980年初移建在驮山公园顶。

今读联语，因没署名和作联何时，所以便不知古今何人何时所撰了。我虽万源人，但亲眼未见，就依所录，在浅析联语的内容外，还简单地谈谈此联在艺术上还存在的不足。

其一，走马荐葛。诸葛亮，姓诸葛，名亮，是复姓，而葛字单用就不行了，会产生歧义。其二，上、下两联多处合掌。所谓合掌，就是上下联相对的词、句讲同一个意思。或上下联同一个意思。如：走马荐葛和举贤任能这两个成语其实说的都是一个意思，只不过前用典故后用成语罢了，其意就是推荐能人。这个合掌就是意合。再如，天下和江山也是一个意思。得天下，得江山你会说不是一个意思吗？再如，千古，万年也同样是一个意思，言其时间久远。

撰写对联，应当用有限的文字，表达尽量丰富的内容。在字数不多的情况下，如果还意思重复，就没有多少内容了。这就是要"忌"合掌的道理。

现特将《楹联报》两串拟得很好很有启发性的"合掌对"，转录如下：

其一

瞧对看，听对闻，上路对启程。后娘对继母，亡父对先君。醪五两，酒半斤，扫墓对上坟。乞援双瞎子，求助二盲人。岳父有因才枉驾，丈人无故不光临。十分容颜，五分造化五分打扮。两倾姿色，一半生就一半妆成。

其二

行对走，跑对奔，早晚对晨昏。侏儒对矮子，傻子对愚人。观浪起，看波兴，闭户对关门。神州千载秀，赤县万年春。国士无双双国士，忠臣不二二忠臣。大德似天高，天高加一丈。恩深如地厚，地厚减千分。

写楹联我们还是要按照中国楹联学会拟定的八项规定来写，做到平仄协调，音韵铿锵，联意准确。常言作楹联不难，作好楹联难上难。特别是要镌刻在碑坊上让大家观赏的楹联，必须要慎重撰写呢。

2011 年 4 月于渔渚山庄

川东散人诗集序

　　散人先生的诗集，绝大部分是旧体诗，其中也有一部分新诗和楹联。捧读在手，留有余香。读先生的旧体诗，使我联想到一些有关旧体诗的事来。

　　可以这样说，旧体诗词，从"五四"新文化运动开始，一直到20世纪80年代中期，都难有出头的日子。它在文学大家庭中没有一席之地，都是被当成封建的糟粕一样批判。虽然说臧克家老先生曾经在《诗刊》上发表了毛泽东同志的一部分诗词，但除此之外还有谁敢把旧体诗词当成一种正常的文学进行发表呢？20世纪80年代中期，一批有识之士把拯救传统文化的大旗扛起，成立了中华诗词学会，继而，旧体诗词如雨后春笋般迅猛发展。旧体诗词作为一种诗歌的表达形式是无罪的！正如毛泽东所云："一万年也打不倒。"此后，旧体诗读者高达几百万人，写作者数十万人（中华诗词学会总结），《中华诗词》刊物公开发行量是两万五千份，是所有诗刊发行量之最。但是另一个现象又出现在视野中，这就是大批写作者由于基础文化不扎实，缺乏创作的基本功，写出的作品难免良莠不齐，一些标语口号式的、唱词式的诗都出现了，索然寡味，有些评论者说成是"老干体"。与此同时也有泥古不化、才子佳人般的、风花雪月和无病呻吟的诗词出现。我发现在网络论坛中或是一些地方诗词刊物上，这样的作品还多。但是，经过这些年的涅槃和洗礼，优秀的、贴近时代、反映生活的旧体诗词不断涌现出来了。旧体诗通过自身的努力，扩大了影响，新诗顶尖级刊物《诗刊》每期也用八个页码发旧体诗词，这难道不是一个百花齐放的可喜现象出现了吗？散人先生就是在这种情况下，出现的传统诗词写得比较好的人了。

　　读散人先生的旧体诗，消除了我前面所讲到的担忧，他的诗完全没有概念化的立意，没有标语口号式的、"老干体"般的用语。他的诗意境深远，形象生动，是在剪裁出生活的细节后，用活生生的场景来表达自己的感受，真有掷地金声，让人回味无穷。首先读一读《啄木鸟》一诗，"扁鹊重生叩树躯，青山有恙再悬壶，莫嫌针石伤皮肉，谁见森林鸟啄枯"。先生是教授医学的教授，对医道有自己独特的见解，从《啄木鸟》一绝中，我却读出了先生在医治森林，也在悬壶济世。医治尘世间一切需要救治的病变。诗的转结处，更是感叹有意，从而使我想到"扁鹊见蔡桓公"的故事来。

先生是达州市政协委员，民主党派人士，他把肝胆相照，风雨同舟视为自己的宗旨，虽在政协会中多次提出中肯的议案，但作为诗人，也多在诗歌中弘扬正气，鞭挞邪恶。我们再读《渣滓洞感怀》"囚室阴森锁链空，游人至此泪盈瞳，忽闻英烈长声叹，不痛刑伤痛世风"，《谒兰考焦裕禄墓》"来去无私两袖风，一身瘦骨泰山雄，四方民众拜黄土，天下公僚应脸红"。从这两首绝句中，我们完全能体会到诗人所表达出来的情感是何等的鲜明。诗人巧妙地借先辈的口吻道出，更使我们想到抛头颅、洒热血、追信仰创造出来的崭新社会却被一些蛀虫所累，怎不叫人痛心疾首呢？

先生的《杂感》《和博客天下》《吊徐帅之二》《火棘盆景》《元积》《官仓硕鼠岂如斗》（同韵四首）《国殇》等，不难看出，诗中表达的那样一种忧心忡忡也跃然纸上。先生不会在诗里空发感叹，必然是现实生活中所见所闻才激发起诗人的情绪而爆发出的，诗人涉猎面广，写出的是社会形态中的必然。我们这个时代，既需要歌颂光明，同时也需要揭露阴暗，这样的诗人才是真正对时代负责的，散人先生诗集中这样的诗所占比例是比较大的。

古今诗人喜爱旅游，并在行旅中抒发感情。先生也如此，郊游、远游、域外游，喜悦之情直扑胸怀。先生写的旅游诗很多，国内的且不说，旅美的23首却独放异彩。先生龙子在美留学，"三载业成邀乃翁"，夫妻二人去了儿子处，《乘机去美》中"梦里千回今未醒，凌云直上九天风"是何等的气派，简直可以说是像太白诗仙一样在抒发情感了。先生旅美期间，处处留下欢乐的屐痕，我们读后，能真实地体会出那里的风土人情，风俗习惯，如《菲尔公园》《美国民居》等诗读后就知道了那里人与自然的和谐；《特洛伊印象》中"特洛伊邻哈德河，城中树木比人多。店家藏在璃门后，车似潜流不唱歌。"《中央公园》的"楼海绿洲千亩园，身心同牧放林泉。坪中胴体晒三色，城市开窗吸自然"等如实地道出了那里的城市自然环境的优美。旅美的诗作中，

《大西洋边看夕阳》"妻儿嬉戏大西洋，吾坐沙滩看夕阳。西落东升过旧宅，当知老父起眠床？"我最受感触。诗人写出了远在异国他乡欢乐的同时，从夕阳西下想起了东半球这边正好旭日东升，不知道老父亲是否起床了呢？一句"过旧宅"，勾起诗人无边的思念，由此而来的真情，感染力好强呀。

先生善绝句，笔下尽得绝律之奥妙，起、承、转、合，运用得得心应手。别看七绝只 28 字、五绝 20 字，真正写好是很难的。先生写绝首先在意境上下工夫，并注重转合的运用，而且在诗句的组成上有自己与众不同的点，造语更是惊人，新旧兼而有之，别具匠心。《会真湖》"一池云影偕松影，恰似离人会故人。诗酒情浓题壁幕，风吟霞读醉红鳞"真可谓情景相融；《中央公园》"楼海绿洲千亩园，身心同牧放林泉。坪中胴体晒三色，城市开窗吸自然"把景写得与众不同，"身心同牧"用得好新奇呀，"开窗吸自然"又是何等的自然贴切；《观蝌蚪》"流云不识五音谱，春水长翻活字书。莫叹柳姿无伴唱，小池他日是歌墟"写得多么生动；《石碾》"碾道何时有始终？轮如日月步匆匆。忽看先辈百年物，静卧萋萋蒿中！"用石碾起兴，把时代变化融入其中；《凤凰亭歌》"凤凰山上凤凰亭，亭上凤凰城上鸣。鸟瞰达州沧海变，洲河日夜画中行。""画中行"巧妙地表达出达城的变化。还有先生的《童年趣事》几首，我们可随着诗的意境与诗人一道回到儿时最美好的环境中嬉戏，多么亲切，儿时的生活充满乐趣是值得怀念的。

先生不但注重绝句的整体意境，在转合上突然笔锋一转，推敲出意想不到的好句来，如"树阴筛日酒杯满，鸟语成盘林尽香。"(《林中烧烤》)；"游艇归来龙上岸，一城海韵半城鸥。"(《波士顿》)；"你如平白青云路，何处寻吾进步砖？"(《难言》)；"莫叹禾秧迁户籍，皆因土地变城隍。"(《杂感之一》)；"开机却拨故乡号，入戏方知角色愁。"(《元旦随感》)；"除旧迎新时未到，家家喜悦挂房梁。"(《熏腊肉》)。

先生写诗还有自己的一大独特处，就是善用现代汉语入诗，现代汉语词汇写进旧体诗我认为如果贴切生动形象，是完全可以的。这也许是旧体诗词创新的一条路子，是旧体诗词发展的必然。举先生的几例看看，足可说明，"身心同牧放林泉""城市开窗吸自然""树阴筛日""鸟语盛盘""禾秧迁户籍""连枷翻起沙锤韵""苗儿秧女满婚床""一竿钓住万窗红""勤晒心胸雨不潮"

等等。难道我们在诗中读到这样翻新的句子不觉得形象、新颖、贴切、富有感染力吗？

先生编在集子里的新诗也很好，写新诗的路子很正，不像那些才在写就想给自己标榜一种派别。以免读者看不懂，免得说七说八伤感情，我们来读读先生的《乡归》：

思念，已无药可救
乡情被过度消费
长长的账单，铺满了
长长的归路
夜，纯净得
没有一丝杂质
儿时的特写
都清楚地躲在幕后
几声犬吠
惊醒老屋的灯光
门一开口
游子即刻溶化……

表现新不新呢？大家读后不会是云里雾里不知所措吧，浓浓的乡情在几声狗吠中消失在叽嘎一声门开中。难道说这样的诗不打动读者吗？

《看"六一"文艺表演》

给孩子红扑扑的脸蛋
涂上胭脂
让国光苹果
变成太阳

看他们唱歌和跳舞

总想起农夫揭开地膜时
那拥满怀抱的
鹅黄的希望

《停电以后》

像一片厚重的乌云
遮住了太阳
像一阵风
吹谢所有的花朵
夜色如水
淹我们成鱼
唯小儿嘎嘎如蛙

"嗤"的一声拔节
有尖尖荷角出水
红蜻蜓栖在上面
经久不飞

停电以后
我城里的家
恍如故乡的荷池妻子的长发
飘如青翠的柳丝……

　　我甚至要说，先生的新诗和旧体诗一样优秀，先生写出的是纯属自己特性的语境的诗。读者读后自有见解，无须多论。当然，每一位诗人都有自己见长的一面，也有自己短缺之处，先生的律诗和古风也好，相比之下就比不上绝句了。有些诗也只停在表面的描写上，深层次一点的立意不足，缺乏点禅意。这也许是仁者见仁的理解，每一位欣赏者所站角度的原因吧。

2012 年 2 月于渔渚山庄

匠心绘出一山春

我认识袁志伦先生还是在 2007 年夏天，在老年大学上诗词课时，他健谈，性格豪爽。他当过兵，搞过企业。前些年一个万源的朋友告诉我，说万源大岩窝河对岸的山岩中，开辟了一道毛主席诗词碑林，很不错的，如果有闲暇时间很值得一去。没想到竟然也是袁志伦先生打造的。

通过几年时间断断续续地接触，知道志伦先生吹拉弹唱、诗词书画样样精通，是万源市老年大学的中心人物。

志伦先生文化并不高，能有这么不错的收获，没有刻苦学习和一股子钻研的劲是不行的。

志伦先生前不久自选了一卷近些年创作的诗词《石心》，嘱咐我为他的选集作序。我自己对传统诗词也不精通，但他一再坚持要我为他写一点，我也只好硬着头皮写出来，贻笑大方了。

传统诗词从"五四"新文化运动开始，几乎是被当成毒草一样被铲除的。把它与封建考试制的"八股文"等同看待（对八股文我还是有不同看法的，这里不必详叙）。鲁迅先生虽然是新文化运动的旗帜，但是他除了写小说、散文外，没写一首新诗，所写的几乎全是传统诗词。毛泽东同志虽然不提倡在青少年中学习写传统诗词，但他就是写传统诗词的一个高峰。传统诗词的复苏有些人界定到 20 世纪 80 年代，我认为应该提前。传统诗词是一把把刺向"四人帮"的匕首。"扬眉剑出鞘"在那阴沉沉的岁月多有杀伤力！其实在民间，一股传统诗词发展的暗流从来都没有断过，老一辈知识分子受过严格古文化训练的人都还在，他们是传承中华文化不可缺的重要一代。传统诗词今天爱好者上百万，作者也有十多二十万，其中有成就有影响经常活跃在纸媒、网媒的也有几万人吧。泱泱中华，怎允许新诗体一个流派独断专行呢？自己不自觉地也成了一种垄断的文化专制怎么行呢？百花齐放才是文化的新春。作者喜欢、读者喜欢就是一种文化体裁不可泯灭的根本道理。传统诗词是讲规矩的，是不容易学，是"带着镣铐跳舞"，但是，为什么能在中华大地流传上千年呢？其中总有它存在的奥妙所在吧。传统诗词摇头晃脑的吟诵方式是自觉不自觉地就表现出来的（绝不是装出来的）。名诗、名句连小孩子都能吟诵。今天完全接受新学教育的年轻父母，在孩子牙牙学语时，首先是教孩子读背"床前明月光，疑是地上霜……"学前班的孩子能背诵二三十首古诗，家长觉得脸上有荣光吧。我想，这可能就是中华文化血脉中的细胞遗传基因造就的吧，这就是中华文化的独有特色的魅力所在吧。我在这里为什么这么讲，我的理由是，在一个环境中，文化也是一样要竞争的，竞争才能进步。我并不是受旧文化教育的，也是在新的教育制度下成长的。可我是一个"两面派"，新诗、旧诗我都爱。新诗发展了九十多年，这一个流派过去，那一个流派过来（多少是自己命名的），好不好？好，探索嘛，创新嘛。但没完没了的霸道文化，也讲不通的。现在，新诗还是认为自己是诗歌界的主体，也有进步嘛，比原先不承认好；各种新诗诗刊也陆续刊发旧体诗词了，这是顺应时代呀，《中华诗词》发行量很大，而且是真正没有国家扶持的市场性的刊物。这说明什么呢？袁志伦先生已将迈入古稀之年了。他在部队搞文艺宣传队时就开始写快板、花鼓、数来宝等唱词，是很在行的，因有这方面的基础，所以他写传统诗词也很容易入门。

看了袁志伦先生一叠厚厚的自选诗词《石心》。总的感受是，先生热爱生活、热爱自然，有股年轻人一样的朝气。他把对祖国、对家乡的热爱之心，寄托在山山水水之中，并能很熟练的运用诗词这种形式把自己的感受抒发出来。我仔细地把这卷诗词稿所表现的内容整理了一下，咏家乡的70余首，旅游诗词50余首，咏红诗词30首，咏运动会的20余首，咏海峡两岸的15首。还有写地震的、感时的等等。表现的内容十分广泛。

读志伦先生的诗词，你不会发觉有感伤的情调在里面，完全是一种美好浸染在你的心头，是一种积极向上的情绪在流淌，这是难能可贵之处；读先生的诗词，那种儿女私情的感觉没有，有的是磅礴大气，有的是和谐社会、和谐家庭中的亲情。

我们首先看一看志伦先生的咏红诗，如《忆秦娥·万源保卫战战史陈列馆》"风雨歇，青山凝结英雄血，英雄血，山河与共，圣堂陈列。青龙要塞枪声烈，雄关大面坚如铁。坚如铁，丰碑高耸，战功超绝"。虽然，红四方面军血战万源的历史已过去77年了，但是先生笔下的战斗场景还历历在目，创下的辉煌战果跃然纸上，如圣堂般陈列在人们心中。如《临江仙·固军起义》"昔日固军风雷急，揭竿震撼全川。均分田地灭苛捐。工农掌大权，吐气把身翻……"把第一次国内革命战争时期，震撼全川的李家俊领导的固军农民起义，农民翻身掌权的喜悦，犹如亲眼所见般展现。还有写徐向前元帅"碧血书青史，丰功万代扬"；写许世友将军"挥刀大面气如虹，虎胆浑身赛子龙"。写川陕苏维埃主席熊国炳"巴山自古出英雄，国炳名垂史册中"；再如《水调歌头·写在万源红色旅游启动时》中"旭日八台红遍，磅礴莽山雄险，临境倍新鲜。红色景区定，空巷万人欢"等等，都是脍炙人口的好诗词。

志伦先生写景诗自然清新，"藤葱叶茂百花繁，峰兀谷深潭水寒。奇石奇山奇瀑水，神功造就一景观"，这是先生的《大岩窝》之二。先生就住在他亲手开辟的万源的一道风景大岩窝毛泽东诗词碑林中，在那样美的地方再造这一"奇观"，更是锦上添花了。再看他的《观音峡》"对峙形成一线天，飞流万丈泻深渊。架桥凿隧开新纪，汽笛声声空谷传"，不但写出了观音峡的险，而且也写出了架桥凿隧修筑铁路开创了蜀道不再难的新纪元。景情相融，一气呵成。

志伦先生将至古稀，但心中充满着童趣，略举三首供大家品赏。《六一偶成》"手把胡琴唱起来，兴高采烈乐开怀。长存稚气童心在，又伴孙孙上舞台"；《门球迷》"爷爷奶奶打门球，孙在旁边学运筹。踮脚识分丝不苟，拍红小手喊加油"；《参加达州激情广场大家唱后》"三代一同下达州，同台演唱放歌喉。趋时赢得青春返，且用激情填代沟"。他热爱生活，好进取。如《沁园春·咏花》中有这样的句子："生来禀性刚强，好进取，敢打拼。恰年青龄妙，参军报国。情真意实，尽责倾心……今休退，在艺林中度，重返青春。"再如《习书》《贺老年大学成为省级示范校》《咏太平腰鼓》等等都是充满乐观向上的精神的。

志伦先生的诗词有时代气息，他把时代发生的重大的事都要吟唱，如奥运会、海峡两岸、汶川地震、神舟飞船上天、环境治理、洪灾、反腐倡廉、新农村等等都是他笔下的好题材。

　　当然我们不能苛求袁志伦先生诗词艺术的完美；不能一味地要求他对诗词平仄音韵掌握的准确；不能一味要求他对诗词意境的营造、语言的修炼、抒情雅致等艺术性。虽然这一卷诗词选集中还有许多明显显出功力不足的地方，有口号式、唱词式的语言，有的无意境而且抒情味不浓。但是，读着他热血沸腾的诗句我满足了。我也知道对于一个爱学习、爱钻研的老同志，他会慢慢领略传统诗词中的奥妙的，会慢慢克服自己的不足之处，从而达到诗词的有形、有味、有神的高度审美统一。最后也写一诗相贺：

　　　　贺袁志伦先生《石心》诗词集出版
　　　　大岩风物赋情真，怪石奇花皆有神。
　　　　难得驮山添彩笔，匠心绘出一山春。

　　　　　　　　　　　　　　　　2013 年 5 月于渔渚山庄

《井蛙集》序

张天儒先生已有八十四岁高龄了，他把退休后写的一些诗文选出一部分成集，并取名《井蛙集》，交给我先读读，并要求为集子写篇小序。张天儒先生很自谦，为什么这样说呢？我说不管是什么井蛙、地蛙、沟蛙、山蛙什么的，只要能鼓舌高唱就行了。每一个人都有其自身活动的圈子，都有其自己熟悉的环境和生活，不可能全能，把自己所熟悉的东西表达出来，感动周围就不错了。

新中国成立之初，国家急需人才，1950年初张天儒先生便参加了革命，征粮、打土匪、土地改革等，后又转到供销合作社，四十余年踏踏实实为国家建设奉献光和热。如今已八十四岁高龄，毫无垂暮之气神，仍然鹤发童颜，神采奕奕，谈吐幽默风趣，虽然曾因骨折行走不方便，一跛一拐的，可也不甘示弱、风雨无阻去给老年大学上诗词课，可谓寿而康吧？张天儒先生总共只读了四年私塾，论文化并不高，然而对传统诗词从来就喜欢。工作之余也爱轻吟几句唐诗宋词，更爱把毛主席诗词面壁高诵，可是自己怎么来写他就感到一片茫然了。退休后，闲暇无事，才来认真学习。记得20世纪90年代中，他拿了几首学作的律绝给我看，却还不知粘对，后在刁达钧先生指导下慢慢才搞醒活（明白）从而也激发了他作诗的兴趣和热忱，张天儒先生可谓寿而乐吧？

我细细地读了一遍集子，觉得张天儒先生学诗起步虽然晚，但通过他自身的不断努力，其诗在立意和技巧上都有很大的进步，写出的许多诗其情很重很浓。先读其情浓于家的几首吧。

金婚吟

相伴鸳鸯五十秋，历经风雨总相投。

凤栖偏择瘦枝就，千里情缘哪世修。

这首诗的"凤栖偏择瘦枝就"有段注解，言其老伴原是重庆城市的中学生，偏偏择了他这个半文盲的山里人。作者从内心深处道出了由衷的感叹，诗里隐含着对风雨同舟老伴的无限情意，无需多语，单单"偏择"二字足见老妻的品德在作者心目中是何等的高尚。这可谓对老妻的真情实感吧。

得孪孙

夜梦盆中景，兰开并蒂花。
手机催醒后，告得俩孙娃。

常言道日有所思夜有所梦。手机老年人一般夜间都会关机的，可张天儒先生是把手机开着的，多半是得知快要得孙子了，所以他开着在静候消息。虽然睡了，但没深睡，一夜间都是好梦萦绕。当被手机急促的声音吵后，立马醒来。二十字毫无修饰却饱含着爷爷盼孙子的心情。这可谓对孙子的真情实感吧。

贺胞弟古稀

青春投笔乐从戎，驰骋沙场屡建功。
昔日草鞋今尚在，更教垂暮夕阳红。

俩兄弟各住一方，哥对弟的思念，跳出了一般写兄弟情的老框子，而是由赞赏他的草鞋精神来思念胞弟的，这是一种很积极的思念之情、祝贺之意。这可谓对胞弟的真情实感吧。

再读读对朋友和故乡的怀念吧。

迁居辞友人

怅然离旧庐，此去故人疏。
但愿情长久，同登松鹤图。

这是一首对好朋友怀念之诗，诗从一下笔就把心情写得很沉重。"怅然"而去的心情，接着一个"疏"字更进一步把心情写得惆怅了，隐隐约约中含有"旧"这一离去还能有你这样志同道合的好朋友了吗？接着写到，只愿不因我们的离去而疏远了彼此之间的感情，反而应该天长地久才对，不但感情长久地保持还要健康长寿呢。

村道通车

欲走还乡路，清风送故人。

归踪无觅处，独现一新村。

作者又从另外一种角度入手写了对故土的情思，心情很舒畅地写返故乡不再走崎岖小道了，而是一条宽敞的水泥村道，行在故土的道上，清爽的山风好像是专程为迎接我而来的。我都记不得原来那些小道的样子了，一切都在起着变化，突然间一座崭新的村落出现在眼前，那莫非就是我童年居住的老院变化了的吧。

王国维在《人间词话》中言道："境非独谓景物也，喜怒哀乐亦人心中之一境界。故能写真景物真感情者，谓之有境界，否则谓之无境界"。常言道人愈老愈思旧，张天儒先生从内心深处讴出诗歌，不矫揉造作，随手拈来便成有境界的好诗，这也可告诉作诗者，无情不可作诗的道理。

张天儒先生一百多首诗词不可能都写得很优秀的，其中很多诗可以说是索然寡味的口号诗和新闻一样的时事政治的图解诗，这可能受诗词复苏时期的"老干体"和某些大人物的诗词影响吧，比如说郭沫若晚期的诗词就是毫无诗意的政治需要诗词。但无论如何，作为一个才读四年私塾的人来说能有这样的悟性，能写出一些情真意切的诗作来很不简单了。

送一首诗给你，祝你长寿健康。

寿康歌

南山有松鹤，色艳气啸昂。

展翅飞明宇，打鸣惊四方。

松鹤喻君意，物比人短长。

两袖随风舞，梦里唱宫商。

君心少憾事，糠妻伴身旁。

尔言寿而乐，羡尔寿而康。

2016 年 5 月写于渔渚山庄

夕阳偏爱晚秋热

刘光烈先生嘱我给他的诗集写篇序，论年龄他比我大，他是哥我是弟，又是住在山里的同乡，并且我学诗比他晚，阅历更比他浅，不敢在他面前班门弄斧，写什么序嘛，写一点阅读后对我的启发吧。

这卷诗集是刘光烈先生近几年写成的，共收集整理了335首，其中词曲38阕，古风17首，律绝297首。

刘光烈先生一生都在基层工作，20世纪50年代中便参加社会主义建设，先后在万源市花楼、罗文乡做行政工作，后转到司法部门，长期的与最基层的老百姓打交道，摸爬滚打于泥土中，所以他最了解基层，特别是农村，特别是农村中的群众，与他们的交情很深。1995年退休后刘光烈先生写下了十多万字的《故乡回忆录》，2010年又出版了传统诗词集《劲草集》，他送我的这两本书我都认真读了，诗书真实地描写了他投入到火热建设中的实际情况。退休后，刘光烈先生把余生的精力集中用于传统诗词写作，又写出了这么多脍炙人口的作品，这种勤奋好学的精神很值得我们学习的。

这本集子刘光烈先生自定题为《峰回集》，据他所言，是因为他在创作上通过这几年的不断学习有了很大的收获，突破了作诗词的一些难关，所以命诗集名为《峰回集》。我看，或许是刘光烈先生不便言出还有一层意思吧，是否还含有摒弃了他以往写作一味只褒不贬，而这本集子转为理性思维，那就是在同一个时期中，必然有善便有恶，有美便有丑，有歌颂也应该有鞭笞，这才符合社会常态。我们读刘光烈先生的《峰回集》便处处可见其创作的动机。我们就来欣赏欣赏他的作品吧。

《浣溪沙·一带一路咏》："一带春回一路通，阳关西出展雄风，地中海岸约同盟。万类和谐各任重，八方友善计无穷，洋风汉雨看朝虹"。多么形象自然的时政诗词，多么合拍的中国梦呀！

他的作品中这类反映现实的题材不少，如《步安全东先生（时代戏作）》

六首等，都是反腐败的优秀诗作。

刘光烈先生这卷诗集笔触很广，不但有写时事的题材，也有写乡愁方面的题材；不但有写人生感叹的题材，也有写对大自然赞美的题材；不但有状物的题材，也有抒情的题材。目光始终都在关注着最底层人的愉悦与悲痛，读他的诗词，的的确确让你感受到时代脉搏的跳动。

先读读他的时政诗吧：

> 为纪念抗日战争胜利七十年感赋之三
> 日寇侵华如虎狼，惨无人道用三光。
> 黄河咆哮翻波浪，国共合作举刀枪。
> 妻送丈夫上战场，父教儿女打东洋。
> 九三纪念缅先烈，新筑长城保国疆。

这首感赋写得慷慨激昂，很能激发人奋勇向前。还有刘光烈先生的七律《中国梦·并序》《喜迎十八大》《读三中全会公报》等等，都是紧跟时代，唱响未来，情深意切的好作品。

刘光烈先生的乡愁诗词也写得好，或许是他年事已高的原因吧，怀旧这类题材写得特别多，常言人老了容易忆旧就是这个道理。不妨来欣赏欣赏五律《乡愁》：

> 乡愁之一
> 乡愁哪里寻，旧院黑森森。
> 断壁蜘蛛网，残垣乱草深。
> 丛山荒曲径，老柳叶凋沉。
> 潺潺溪流水，无言泛野禽。

> 乡愁之三
> 白发守孤村，行人欲断魂。
> 报君思犬马，倚杖饲鸡豚。

荷锄耘蔬圃，挑灯伴子孙。

闲云喜出岫，落叶望归根。

再选出一些好的诗句，便可全面地体会他思乡情怀。

乙未抒怀之二

春风春鸟闲愁少，秋月秋蝉忧怨多。

莫怪老夫怀故土，异乡水色少清波。

废宅咏

神龛寥落香烟断，荒冢更无纸烛焚。

燕雀有情还恋旧，犬猫随主哪知贫。

乡韵

吾身窃喜故乡近，病骨回归松下人。

往日喧嚣成梦境，乡情失落满愁肠。

思乡之情，故土之恋字里行间处处可见。

诗中感叹世风、人生冷暖的也不少。人活于世，眼见耳闻的人和事很多，作为一个诗家，不免有着自己的观点去评判，而自己的人生态度也常常流露于诗中，所以，写出的东西也就最真切。《中吕·山坡羊》盛世二首，《殿前欢》酒官，《醉太平》二首都达到了"嬉笑怒骂皆成文章"，七律《重阳感怀》《咏怀》《七六初度感兴》等等，把内心的独白、感叹深刻地展现。不妨再来品味品味很有理趣的诗句。

感怀

人生如烛红，燃尽影无踪。

惟有西山里，夕阳千万峰。

再如"心宽有幽境，仗义无亲疏"（五律《书趣》）；"走下高楼人未矮，攀登云岭品更高"（七律《秋兴》之二）；"山前伫立看青松，白发情怀万虑空"（七绝《莲花湖晚眺》之二）等。

欣赏刘光烈先生的诗词，我们发觉有不少题材是十分关注民生的，特别是写农村现象和农民工问题，开篇一首《天净沙·过年》，就把我吸引，这首写因外出务工不能回家过年，父母和孩子都盼望着，作者用巧妙的笔法，从另一角度来展现思念的情绪。

"长空落日山垭，红墙岸上新家。白发独孙做马，大年灯下，手机上吻爹妈。"

"白发独孙做马，大年灯下，手机上吻爹妈"，好有震撼力呀！我再选出一点共同来欣赏。

"三春门上锁，四季网丝檐。土沃多生莠，水丰少靶田。"（五律《马蹄坝村》）

还有七绝《留守老翁》《打工返乡》《看门工》，古风《有感空心村》《挖煤工》《有感达城棒棒军》等都值得读读。读刘光烈先生的诗词，总的感觉是曲比词好点，律绝比古风好点，五律又比七律好点，五绝又比七绝好点，不知道大家读了是否有同样的看法。宋词是以婉约词居多，在整个宋词领域，除去苏轼、辛稼轩等几个词人有一部分豪放词外，几乎都是婉约词了。婉约词描写细腻，叙陈婉转，注情勾心，读来绵软可口，咀嚼寻味，如轻敲铜板红牙，娓娓动听。东坡词以豪放独创门派，理趣横生，如闻洪钟大吕，大气磅礴，震撼四围。今人喜学豪放词，却学得画虎不成反类犬，标语口号满篇，空话一堆，而无实际内容。

再说曲子产生于民间和北方少数民族，口语俚语入曲，明白如话，生动有趣，小曲的讽喻功能特别明显，在老百姓中流传广泛，虽经文人改造，其语言文雅了一些，但其基本的直白、易懂却没失掉。刘光烈先生在学习曲词上，对曲的掌握要比填词的表达略好些。

刘光烈先生的《峰回集》这本诗词集，我只抓了几点比较认可的部分谈谈读后的感想，需要说明一下这只是我个人的看法。其实，他的诗词还存在很多不足的地方，概念化、赶风潮、口号似的表达方式都存在，还有所谓"老干体"的诗词缺乏细腻的描写也存在，意境打不开，意象模糊，有一些诗词没有很好的运用创作，立意不能直言道出而要用具体的物象代替的表达，有的诗词声律也没掌握好。

刘光烈先生已步入八十高龄了，他能这样勤奋地创作很不简单，希望他能舒舒心心的过日子，能和诗词界的朋友乐乐就可以了。我相信，他自己更相信，喜欢读他诗词的朋友是很多的。说真的，在诗词创作上能写出上乘作品是很少的，这样的诗词作家也是很少的。况且，刘光烈先生能写出现代曲子《天净沙·过年》这样的好作品，还能写出"吟花人影动，担起一城香""惟有西山里，夕阳千万峰"这样耐人寻味的好句，也足以欣慰了。趁刘光烈先生八十生辰之际，学填词一阕以致恭贺：

千秋乐·恭贺刘兄八十上寿

一钩晓月，时正夜空阔。朔风渐染霜头白。几杯恭贺酒，耄耋颜生色。心常悦，斯人梦作巴山客。

过往成陈迹，荣辱都消歇。天不老，意难绝。世事如攀网，中有千千结。皆放亦，夕阳偏爱晚秋热。

2016 年 4 月于渔渚山庄

再读钟萍若先生词《忆江南》

近日，重读尹祖健教授《通川诗话》中的钟萍若先生《忆江南》一词，倍觉凄冷。其词曰：

> 秋去也，谁与倚栏干？一片苍山风雨瘦，半溪碧水夕阳寒。人病又衣单。

此词是尹祖健教授回忆钟先生而写在他的诗话上的。1947年秋，尹祖健教授曾是钟的学生，其言某日，钟先生在省达中课堂上突然大声朗诵他的《忆江南》，其声清越高亢、凄嚎酸楚，学子们无不感叹。一学期后钟先生肺病复发被解聘，因无力医治，半年后吐血而寿终。

我们再来看词。"秋去也，谁与倚栏干？"言其秋天已过去了，还有谁能与我一道凭栏而怀秋呢？"一片苍山风雨瘦，半溪碧水夕阳寒。"好一幅寂寞伤感的深秋画卷！苍老的山峰在绵绵秋风秋雨中显得更加的瘦削，只剩下半溪的河水虽然有夕阳的照耀，但还是显出瑟瑟的冷寒。

"人病又衣单"。言其人在这时节病了，但是还穿着很单薄的衣服。尹教授说钟先生家徒四壁，幼稚一群，清苦至极，钟先生常着一身灰色长衫，身修长而瘦骨嶙峋。可见钟先生生活在极其艰难困苦的环境中。

此词妙在层层铺垫、层层熏染。前四句把情绪带到满目疮痍而悲秋的境界，然而诗人其用意不在悲秋而在怜人，"人病又衣单"才是诗人要表达的情感。

《忆江南》单调27字，翻阅古词，白乐天的三首《忆江南》重在一个"忆"字上，皆在忆美好的景物和事物，效仿者也多立意美之物之景，而钟先生却借这一词牌，反其道而为，悲秋怜人，贯注了现实意义，古为今用，立意高绝！这也正是古诗词发展创新的道路。当代人写诗填词，要么写得古味十足，纵然有好的诗词也不知道是今人所写，我觉得虽好却无益；要么就是所说的"老干体"、口号、快板一样索然无味，片面的图解时事、政治。忘掉了诗词是艺术品。钟先生的词，明白人一看，就知道1947年的国内境况是如何的了，就知道为什么"人病又衣单"。

我听岳父刁达钧先生说过，钟先生是江津人，是岳父20世纪30年代在江津三才高小教书时的学生，岳父任国文老师，他说学生古文和诗词底子较厚，所著作文或诗词都必一一认真批阅，不可掉以轻心。钟先生的词便是最好的例证。

2013年5月于渔渚山庄

《巴山诗选——达州当代传统诗词三百首》前言

达州传统诗词发展到今天，应该说要有一个阶段性的总结。对当代达州传统诗词的研究，历史的责任就落在我们这一代身上。我计划用"三步走"来完成对达州诗词总结研究：第一部《巴山诗话》用十四万字已脱稿付印；第二部《巴山诗选——达州当代传统诗词三百首》编选即将完成；第三部《巴山诗派》也开始动笔，计划2018年完稿。

我们所处的时代，正是一个大变革、大发展的时代，中华民族处在前所未有的稳定、繁荣时期。文学艺术与之相适应的也处在大变革、大发展中。

选编这本集子，绝不是一时心血来潮。中华诗词学会早就提出了在普及的基础上，努力出精品的战略思路。传统诗词是中华文化的国粹，虽然在一定历史时期遭到冲击、否定，一段时期甚至把它当作封建糟粕予以摒弃，至今这种余毒还残留在一些人的脑中作祟。但是，中华文化之脉源远流长，其民族文化的特性和民族的土壤是它赖以生存和发扬的保证。它是炎黄在神州播下的文化种子，从《诗经》、南北朝民歌、乐府、古体诗、近体诗（律绝）、新乐府、宋词、元曲到目前又在倡导的新国风等等，它必然要在其母本的基础上，在不断进化的过程中求发展。中华诗词自20世纪80年代复苏以来，以排山倒海之势崛起在中华大地以及全球有华人居住的地方，目前，全国每个省、市、县几乎都有诗词学会和民间诗词社团，并都有定期和不定期的诗词刊物发表其创作的作品，写诗词者也是几十万人，爱好和阅读传统诗词者几百万人，一年写出的诗词总量相当于一个全唐。《中华诗词》发行量很大，每期不下两万五千册。作为中华诗词学会一名基层会员，总结一下本土当代诗歌创作，在其中选出本市内创作较好的，有代表性的作品，这是义务所在。

早在一年前，我就在做选编这方面的工作了，首先是尽我所能收集达州籍诗家已出版的诗词集子，一本一本地阅，初选并作记号；也在本地一些诗刊、网络论坛、QQ群中选找。没做过统计，选出的这三百来首诗词，或许是在几万首中捞出来的吧。选编中难免有误，也有因选编者角度和水平原因，难免有遗珠之憾。并且，所谓选本，必然带有选者的个人特性和眼光，千人有千人选编的不同，这个选本，只是我一人主观选编的观点。只是抛砖引玉，相信今后会有更多、更好的达州当代诗词选本出现。

在选编《巴山诗选——达州当代传统诗词三百首》时，我得到了达州市委宣传部、市文联、市诗词学会的肯定和支持，并提出了选编的宝贵建议。

达州当代传统诗词的复苏与发展，几乎是维持着和全国一样的步伐在行进，20世纪80年代，贾之惠、尹祖健、刁达钧等一批老前辈，以沙龙和茶座的形式，把传统诗词爱好者聚集在一起吟诗作对。他们感慨兴叹，抒发了对时代发展、大好河山的内心独感，并编印出了《戛云诗稿》《龙爪诗文》等很好的诗词集子，将"五四"以来已经断层的传统诗词，又继承下来了，是他们重新开辟了本市传统诗词的新纪元。

纵观当代诗歌领域，在网络、社团传统诗词的冲击下，现代诗歌这种国外的舶来品，也在慢慢省悟，也在考虑不适应而面临萎缩的问题，也在考虑汲取中华的母乳，也不得不向中华诗词精髓学习和借鉴。可以这样说，现代诗与传统诗词绽开于诗坛，这就是当前或者说今后中华诗歌领域的必然走向。

周啸天教授以传统诗词集《将进茶》获得鲁迅文学奖的诗歌奖翻开了传统诗词新的一页，今天越来越明显地显示出扎根民间，家喻户晓，老少皆宜的几千年积淀下来的中华传统诗词，以它独有的、短小的、意味深长的形式放着光彩。有几个中国老百姓知道国外诗人的名？能诵外国诗歌？有几个中国老百姓知道本国出了几个现代诗的大诗人？能诵他们的诗？可他们却知道，"床前明月光，疑是地上霜""慈母手中线，游子身上衣""欲穷千里目，更上一层楼""羌笛何须怨杨柳，春风不度玉门关""秦时明月汉时关，万里长征人未还"等大批的脍炙人口的佳作。中华诗词已深入到亿万中国老百姓心中，读者之多无与伦比。中国的老百姓和许许多多外国朋友，也从古体诗词中知道武汉有座黄鹤楼，苏州有座寒山寺，山西黄河边有座鹳雀楼，四川奉节长江边有座白帝城，这些地方一经诗人之手，广大民众无可不知，无可不亲，无可不叹。这是值得我们去深思的，或许这就是几千年中华诗词的魅力所在吧。

在达州这块文化土壤上，多元文化的发展是必然的，无论何种体裁的文学载体都是反映大时代的需要。作为传统诗词作者，也要像小说、散文、新诗等文学形式一样，经我们之手写出一批具有达州特色的精品之作来。达州有很深远、很浓厚的诗词底蕴，历史上新乐府运动的奠基人之一——元稹在达州就写出了很多传世之作，刻于凤凰山麓的《连昌宫词》便是很好的例证。难道不能经我们之手，用诗词形式把"夔云亭""八台山"等具达州特色的风物宣传出去，让世代中国老百姓铭刻于心吗？

清人蘅塘退士（本名孙洙），从四万八千余首《全唐诗》中选编出了《唐诗三百首》，三百余首诗中涵盖全唐的诗人只有77位，所选诗者"三教九流"：帝王、和尚、歌女、无名氏等，三百余首中杜甫所选诗量第一，其次是王维、李白、李商隐、杜牧，只选一首两首的著名诗家也不少。然而绝句选得最多的却是杜牧九首，李商隐七首，而李白选二首，杜甫只选一首。选编《巴山诗选——达州当代传统诗词三百首》，基本上也是以诗词家在某方面创作的偏重而选的。在选编过程中其难处和压力是相当大的，希望大家理解和支持。

选编《巴山诗选——达州当代传统诗三百首》，我是从以下几方面入手的：

一是选编的数量是三百首。蘅塘退士把《全唐诗》那么多的名家那么多的名篇才选三百首，达州选三百首比较合适。所选诗家的诗一般偏重于他的特长。如周啸天、子希的歌行体；胥健的词；李荣聪、冉长春的绝句；邓建秋、谭顺统的七律；安全东的五律等。在选的诗词家有59位，59位诗词家其中有工人、教师、机关单位的领导和职工，也有祖祖辈辈家在农村的同志，在农村多年的知青。选面较宽，有得"鲁迅文学奖"的，也有不出名的诗词爱好者。选编立足选择在普及中提高质量的诗作，这关键在诗词本身质量和偏重现实主义的立意。

二是选编诗词的时代性。立足当代选诗，继承和发扬新乐府的表现形式和内容，"文章合为时而著，歌诗合为事而作"的现实主义精神，所表达的内容和情感，必须是当代的人和事物，要具有时代的特色，在诗歌中处处能让读者体会到这个时代所呈现出的纷繁的事态。诗词作为一种历史的例证，能触摸到时代的喜悦与忧伤，奋进与彷徨，和谐与杂乱。

三是选编诗词的艺术性。诗词是形象的表达，是需要用物象来表达诗家情感的，不是直说。无兴致写出的诗词会干瘪无味，更说不上意境的高远了，真正的好诗词要有真情实感，好诗词不是闭门造车出来的，必然是在某种特定的场合，有特定的事物激发了诗家的某种最敏感的神经一气咏出来的，即有感而发。也必然会在读者中产生共鸣，绝不是标语口号式的、唱词般的、无形象表达的写作，很多人写了很多所谓的诗词，真正能找出像样的来却很难，很多诗词写成了报告体、说教词、政论体，现在的流行说法是"老干体"。说真的，这种诗词读着如同嚼蜡，如同听简短的新闻或是发言，毫无艺术性。达州真正达到能熟练地驾驭诗歌艺术描写，来表达情感的诗词家并不多，也不可能多。有许多写诗词的朋友，都会认为自己的诗词是当今最好的，容不得任何人的批评，还有的人，只管押韵和平仄，不管意境如何，前言不搭后语的、意思散乱的，也以为自己的诗词很不错。

要说诗词，普及与引导是两个必不可少的轮子，如果放任鼓励普及去替代正确的引导出精品，那就是一种典型的不负责任的态度。有些人不能因为自己处于低位就认为可以把标准降低，甚至漠视高雅的存在，这是对人类智慧的极大不恭，这正是当前诗词界存在的最大问题。把世俗的溜须拍马之风带入诗词界，你好我好大家好，互相吹捧，相互迎合，又怎么出得了精品呢？

那些写一点个人的小情绪、小感触的怎么能赶得上关于我们生活、生命和存在的反思呢？除非升华到"类"的高度，这就叫超越，而不是小感触了。

四是选编诗词的可接受性。选出的诗词不要隔离现代读者，这就要求用语现代性，状物常见性，如果写出的诗混同于唐宋或以往的时代，再好的诗也不属于这个时代了。有些诗在语言上过于追求雅，用典偏冷且多，从而读起来难懂，这样大大影响了阅读者的审美情趣，虽是佳作，但读者宁可选平易近人，白描易懂而又意蕴深刻的诗作。

五是选本不作注释，因"诗无达诂"，读诗词者站的角度不同，因此对诗词的理解也不同，评价也不同。字面意和典故易查易懂，难的是理解诗的寓意。诗词表现是在一定的背景下的，绝不是空穴来风，诗家写作必然有自己的兴致所发，比如刁达钧先生的《下乡落户》："拖儿带女入柴门，渔渚陇头又一村。锄罢夕阳无个事，清风明月不嫌贫。"如果不了解他的人生背景，怎么能理解此诗含意的深刻呢？所以不作注释只要诗家简介，这样对大多数读者阅读是有帮助的。在收集中，由于有些诗家的一些情况已无从查证，所以简介就略。每一位诗家在作诗时，必然有其自己的诗观，我们在收集时要求写出，但很多人和诗都是在其他诗词选本中收集来的，也就不能有其诗观了。再则，选诗词中遇着很多诗家都有相同的表现内容，并且都是很好的诗词的情况，因某个诗家已选该种题材，为了拓宽选编的内容就只好不再重复选用而另选了。

我们正处在政治和谐、经济发展的改革开放时代，文学艺术也必然同步发展，看一些评论说，诗词还处在"有数量缺质量，有高原没高峰"的状况。达州诗词也可以说处在同样一种状态中。诚然，诗词创作有其自身的规律性，不是机械地加班、熬夜就能产出来的，写诗词是需要有灵气、功力、才能、智慧的，要靠自身的社会阅历，知识积累，情感的丰富。要产生精品力作，更需要超人的天才。

在几万首诗词中选出三百来首，虽然不敢说是精品，但从艺术境界、时代张力、可阅读方面，还算过得去。除非因我不知道的人，有可能遗漏少部分写得较好的诗家外，基本上该选的都选了。选本的初衷就是整理、挖掘、筛选达州有代表性的作品，这个目的已达到了，我想，也不枉自讨苦吃的一片心吧。

2017 年 11 月 28 日于渔渚山庄

解读冉长春先生川东八台山绝句

八台山高大雄伟，陡崖万丈，气象万千。云海、日出、佛光、雾岚、白雪兼而有之，这是川东地区气象最多的景区，被称为"川东峨眉"。

有幸与达州几名国家级的作家、摄影家、诗人去川东万源八台山采风。读了诗人冉长春先生咏八台山的绝句，很有感触。

长春先生首先把他写好的《八台山杂咏》十首发给我，让我提提不同的意见。反复玩味后，击案而叹，长春先生写景非一般就写景而写景也！写旅游非一般就旅游而写旅游也！在景物诗中，在旅游诗中无不把自己融入其景中，无不在景中隐匿妙悟禅趣。

长春先生在序中言道：川东有山八台，国家级自然遗产地、国家地质公园、国家 AAAA 级旅游景区。其貌梯状八层，人因名之。八台者，"巴山天池、棋盘妙韵、默音石芽、层峦叠翠、一峰独秀、壁立千仞、观音圣泉、八台金鼎"八景也。甲午乙未丙申间数登，时有句，归而缀之，成八绝，外首尾二章。借此机会与大家共品。

引

久因尘嚣意不开，心生结矣笔生埃。

川东第一风流地，好解征衣上八台。

写"引"实是写上八台山之缘由，说的是因长久在都市生活，被一些琐事缠绕，像有一块垒堵塞在心中，也懒于动笔写不出点什么东西了，听说川东的万源有个八台山很不错的，于是就邀约了几位朋友来到这里。

一

天池一掬满头浇，倦眼复通千丈遥。

翼带云丝灰白鹤，随心踏上彩虹桥。

到八台山第一站便是天池坝国家地质公园，诗人一到天池感觉焕然、新鲜的气息迎面袭来，往日疲倦的眼神和心境在这里豁然开朗、一望千丈。我好像变成了一只白鹤，在云朵中自由飞舞，一道彩虹从一个深涧跨到另一深涧，我又像在彩虹桥上随意游走。

二

仙人抱臂雾漫漫，老帅危兮大相残。

划地风中谁是主，江山但剩一棋盘。

站在二台上，朝对面群峰远望，像似神仙抱臂正下着谁也猜不到胜负的一盘棋。双方大相残杀，危在旦夕。好似划地风的无情，其结果又会怎么样呢？人已去，茶也空，难道还不知道这争夺的江山不就是摆着的一盘棋子吗？

三

曾经历得几沧桑，老叟无言似已忘。

只见斜斜鞭子处，石芽尖对石绵羊。

八台山是喀斯特地貌，石芽尖是喀斯特地貌形成的峰丛，在三台盘山公路的里侧，奇形怪状雪一样白的小峰丛其状如牙如羊如笋。诗人并没着墨于此，而是用另一种笔法思考，他在写八台山人，沧桑岁月变幻莫测，而勤劳朴实的山民似乎不关心这一切，日出而作，日落而归，淡忘时间、空间，他们对着这些美景，也是看着他们着鞭之下的羊群，在石芽下放牧罢了。

四

云山海浪不需猜，且任东风一剪裁。

几绺红霞腾紫气，八仙浮渡到蓬莱。

这是诗人站在四台上看着的美景，不用解读我们都能体会到八台山在层峦叠翠、云雾缥缈之中犹如蓬莱仙境般美不胜收。

五

状元榜眼探花台，一笔擎天是栋才。

恨我早生三十岁，毫端未得半枝开。

独秀峰好似一支神笔，以长天铺纸，以后水磨墨，书写天下文章，造就无数栋梁奇才。自己在此顿觉早生鲁笨，还没有好的文章问世，也没有做出多少贡献于世。

六

云头壁立越千寻，应绝琴音与鸟音。

一闪红光人有二，长杆自拍结同心。

在石壁栈道上，你就像站立在云头越过千寻悬崖绝壁，你就会不由然吟诵李太白之"危乎高哉！蜀道之难，难于上青天！"的诗句来，可是在这样险峻的地点，诗人却慧眼发现有对人儿在自拍合影，从而点出共甘苦、排万难的真实情怀来。嘿嘿，自拍杆倒是这几年的新鲜玩意儿呢。

七

香风渺渺自如来，宜把灵根心上栽。

脚下一池巴掌大，无妨彼岸有花开。

七台之上原有名是一碗水，终年不断喝了又有，一尊高大的观音塑像面朝西天，下有云雾飘浮，上有金光闪闪的太阳普照，香烟渺渺，凉风爽爽，紫色的杜鹃花怒放，此处神乎其神。在这样的境地，诗人想到的是，莫嫌池小，却有禅性，早栽灵根，好结心花。

八

玻璃栈道两山横，万丈深渊一履平。

若此危机有多少，谁能眼下辨分明。

其实在七台一碗水这里是一山垭，翻过山垭就属重庆的城口县管辖了。从山垭真正上到八台山顶，还需再爬五百余步石级，站在顶上四望，真正能体会出"一览众山小"了，这里海拔高度2300余米，但玻璃栈道是在八台半山腰的绝壁上，并横架两山，所以有诗人发出的感叹"万丈深渊一履平"。然而，此绝却在转结上玩味，"若此危机有多少，谁能眼下辨分明"真有高处不胜寒的意境在里面。

尾

寿比神仙有几长，南天峰上费思量。

泰山题壁多诗句，笑说当年秦始皇。

要说这尾看似不搭，实则是和引相呼相应的。八台山顶名南天峰，上泰山顶需过南天门，诗人兴会由此生发。言人之寿与神仙比谁长短呢？那么你站在高高的峰峦上仔仔细细想一想，自从秦始皇封禅泰山后，古往今来不知道有多少帝王将相，骚人墨客在上面题字，其结果又怎么样呢？想当永世的皇帝和求长生不老的秦始皇，只落得一记笑柄。虽然这里是在说泰山，也是因上八台山而产生出的联想，诗人没有其他的奢求，而是"久困尘廛意不开，心生结矣笔生埃"，而是"好解征衣上八台"，去大自然中陶冶一下情操罢了。

读完十首，闭目沉思，长春写山实是写人，写他人、写自己，写山悟出山的禅道，写人写出人的成败，够读者思索，醒省。不难看出，长春在学习宋诗理趣的基础上，更带有他自己独特的明快、简洁、幽默的风格。

2016年8月于渔渚山庄

五绝咏八台山独秀峰

这次到八台山采风，李荣聪教授写了十首七绝和填了一阕《西江月·歌咏八台山》，并站在独秀峰旁，眼望群峰，一口气作出五首五绝。美味可餐的十首七绝放在这里暂时不议，单对他的五首五绝和一阕《西江月》谈一些解读后的感想。

之一

问山何处佳，车向八台驶。

君看独秀峰，白云翘拇指。

诗人知道川东八台山是风景优美可去的好地方，但诗人在起句拟人方法故意用了个反问句，诗歌便灵动起来了，实际上诗人们的车已经驶向目的地了。一看见独秀峰大家都感到惊讶，大自然真是鬼斧神工造就了这么独特的景观，云海间峰峰耸立，如跷起大拇指夸它。此绝最大一特点在于写物不直接言物，而通篇借用拟人手法物我相间，从而增强了艺术感染力。

之二

客似山中画，霞铺云轴红。

朝天一支笔，闲写二三松。

这首五绝写景中可称大气、潇洒。"客似山中画，霞铺云轴红"，自己立于八台山中，就成了山水画中的主体，红霞照射在云层上一卷一卷的画面作为铺底。"朝天一支笔，闲写二三松"，独秀峰像一支笔直书云天，间或在独秀峰上随意点缀几笔苍松。这首五绝可谓写山水诗中的精品之作，在初唐王维山水诗上更进一步洒脱，也注入了诗人磅礴大气的胸怀。

之三

云翻白波浪，岭作绿萍浮。

山露尖尖角，青松立上头。

言之独秀峰下，白云像波浪一样翻卷，山山岭岭就像绿色的浮萍一样浮动着。原本高大雄伟的山峰，在云雾的浮动中也只能看见冒出的小小尖角了，青翠的松树就像立在云浪中的一样。这是在独秀峰上看见周围的美景，当然，作为诗人立于其中难道不像一个仙人在云海之中或冷眼望世界抑或在思考这世上的千变万化吗？

之四

林如清水面，云似白莲花。

一梗亭亭立，巴山抽嫩芽。

苍翠的林子像水一样闪动着微波，云朵就像水面上的白莲花。独秀峰亭亭而立，在涌动的清波之上，如巴山抽着芽了，多形象呀！全诗没一句说独秀峰而实则是句句在写独秀峰。

荣聪教授是写绝句的行家，新的意境、新的语言，脱俗的描写常常使读者眼前一亮，倍感清新。他更善于写七绝的，我读他的五绝不多，这次他发给我四首五绝，使我又要重新去认识荣聪教授的绝句表现方法了。他写五绝更是洒脱大度，毫不拘谨，也不在每一句上去下功夫，而是讲究诗的整体效果。这是写旧体诗的朋友值得注意的事。

西江月·游八台栈道

头上鹰旋松挂，脚前壁立廊空。绝崖万丈走长虹，踩得风惊雾纵。

曾是秦巴锁钥，今成游旅迷宫。凭栏一指众山从，任我吆龙喝凤。

没见李教授填过多少词，一曲《西江月》可谓妙哉！这阕《西江月》的上片是实地描写在八台栈道上的景观，写得活"龙"活现，栩栩如生，特别是"绝崖万丈走长虹，踩得风惊雾纵"，踩在玻璃栈道犹如踩在长虹一样，实际是人站在悬空的栈道上，山风不停地发出"呼呼"的响声，随之而来有的人也惊叫着，踩得不是风惊而是人惊，大雾也放纵地任意飘浮。下片就在抒情了，言之这里曾经是秦巴锁钥之地，而今竟然成了旅游的胜地，弯弯曲曲的盘山道和"之"字形的栈道真像迷宫一样，感叹不已，特别是"凭栏一指众山从，任我吆龙喝凤"，一展诗人气概，站在栈道上，凭栏一指，全部的山山岭岭都听我使唤，我便成了这里的主宰，要风有风，要雨来雨，好不痛快！此词大气磅礴，毫无靡靡之叹，也无感伤世态炎凉，完全是热情奔放，难道不是现代词应走的路子吗？

2016 年 9 月 4 日于渔渚山庄

《汉宫春》赏析

蒋娓的一阕《汉宫春》使我读词胃口倍增，我就做一次"窗前探首，曲终不肯离人"那朵云儿吧，这是笑话。

《汉宫春》通常以《稼轩长短句》为准。96字，上阕47字，下阕49字，前后各四平声入韵，今读蒋娓《汉宫春》，觉此词学宋初婉约，于缱绻缠绵的情感之中，特别受秦观、张先、欧阳修、晏殊等影响较深。先录下后品味。

汉宫春

满地残红，正西风料峭，卷尽芳尘。枝头寒菊，色老尤抱香魂。空庭寂静，更那堪，断雁声闻。桐树下，残蝉影绝，未知更有谁邻。

一霎阳乌西坠，便寒凉骤浸，室暗灯昏。无聊闲调玉柱，清韵犹存。高山流水，算知音，唯有孤云，声悄悄，窗前探首，曲终不肯离人。

"满地残红，正西风料峭，卷尽芳尘"此词一开始给人展现出的场面，是如此的萧索冷酷。写实又叹，写实在西风料峭遍地落红飘洒，感叹的是芳尘被卷尽也！"枝头寒菊，色老尤抱香魂"这是写近景，是用速写在刻画，看来是在写菊，但细心想想，词人是采用看似写景而实则写人的手法，所要表现的目的是"色老尤抱香魂"。"空庭寂静，更那堪，断雁声闻"前面是在写外景，此句进一步把观察的视角投放在庭中了，庭是"空庭"而且寂静，在这样的环境中一句"更那堪"把情绪调动得更深一步，听到的是断断续续的雁叫声。上片的结尾更是凄凉，"桐树下，残蝉影绝，未知更有谁邻"蝉是"残蝉"，连影子都不见，那么在这样的时刻，这样的环境里有谁在"我"的身边呢？上片所用八个中心词，残红、西风、芳尽、寒菊、色老、空庭、断雁、残蝉，全是冷色伤感之词，全是为"更有谁邻"层层铺垫的。我们再米读读下片，

"一霎阳乌西坠，便寒凉骤浸，室暗灯昏"接上片继续写景，是"阳乌西坠""寒凉骤浸""室暗灯昏"的场面，那么该怎么办呢？是"无聊闲调玉柱"幸好"清韵犹存"，那么唯有那朵孤云算是知音吧，"高山流水，算知音，唯有孤云"，只有那孤云才在"声悄悄，窗前探首，曲终不肯离人"。

宋人填词，多为乐坊歌妓而作，文人们则是为了当时社会需要而作。达官显贵们，市井繁荣，商贾云集，娱乐只有听听曲儿，而听曲的口味多抒情极致的婉约。像北宋词人欧阳修、晏殊、张先等写作只为是"娱宾遣兴"，词风典雅雍容，非常合乎官僚士大夫和商人们的胃口，所谓"用佐清欢"，用金樽檀板轻声慢唱，抒情至极。

我不想在这里举例蒋娓词和宋词的用情相似之处，我要说蒋娓填词，虽婉约而伤感，有自己一部分情感成分在词里，但有光明心态，"色老尤抱香魂""清韵犹存""唯有孤云，声悄悄，窗前探首，曲终不肯离人"正是此词最闪光的地方。

蒋娓的《汉宫春》用词精准，有景有情，情景交融，布局紧密，陈述有序，步步推进。而且在词中妙语迭出，读之倍感清新可口。

2017年2月于渔渚山庄

菊香浸透情自知

——简评郎英《鹧鸪天·菊花词》

用《鹧鸪天》一个词牌连唱十阕菊花，而且吟唱得有盐有味，吟唱得使人陶醉于东篱之下而忘归去。从《忆菊》《访菊》《种菊》《对菊》《供菊》《咏菊》《画菊》《问菊》《簪菊》到《菊影》共十唱，写得何等的精彩呀！可想而知，对菊爱之深达到何种程度。古往今来，我这个见识少之人，在用词来写菊，还没发现比她多、比她深刻的。不妨我们就拿几首来欣赏一下吧。

忆菊

未顾家山总有思，重阳又到断肠时。阶前衰草无人理，院侧萦香有客知？

缘尚结，梦常痴，归乡晤面已成迟。今朝我为黄花念，何是篱前相会期？

这哪里在写菊，"黄花"只是一个代名词罢了。"未顾家山总有思，重阳又到断肠时"，每逢佳节倍思亲，时到重阳节，难免会引起思乡思亲人的念头来，虽然人在外，总想起"阶前衰草无人理，院侧萦香有客知？""有客知？"一个反问句更有力量，说没有谁知道。我在猜想，或许诗人就目前的情况而言，她的缘结人远在他乡做事吧？诗人反借在外人的口气在言思念家乡的情侣。"缘尚结，梦常痴，归乡晤面已成迟"，这个缘已结下就常常牵肠挂肚，真正回来见到你恐怕就感到花已开过了，"今朝我为黄花念，何是篱前相会期？"站在异地不停地思念你，我们什么时候可以在篱前相会呢？有我之境也！足见情之深也！

访菊

重九迎风又出游，绿云架上韵常留。曾怜雨打清荷夏，今喜篱垂芳菊秋。

挺瘦骨，裹金裘，珍丛围绕醉悠悠。心期便与陶公约，寻趣江郎兴里头。

访菊时看到的是"绿云架上韵常留"，写得多别致，多出神！一个"留"字境界全出。"心期便与陶公约，寻趣江郎兴里头"言之心早就盼着与陶渊明约会共品菊花。不是《爱莲说》中有"陶后鲜有闻的"吗？而今我也是知音呀！本来我的诗心已像江郎一样才学将尽，但与陶公一起我的兴致又会重新燃起，会变得更高，这就是访菊的好处呀。

种菊

锄动清风庭院来，酥泥巧培细心栽。阳光缕缕着苗色，雨露殷殷点蕊开。

蛩曲隐，月倾台，寒霜细沁入香怀。寸心修剪东篱畔，扯断柔肠少俗埃。

是这样刻画种菊的："锄动清风庭院来，酥泥巧培细心栽"；是这样呵护菊花的："阳光缕缕着苗色，雨露殷殷点蕊开"。种菊她已达到"寸心修剪东篱畔，扯断柔肠少俗埃"写得多么入神，写得多么传神。

对菊

一夜玄霜色更深，故园山径吐黄金。芳魂总向斜阳卧，韵味偏宜诗里吟。

君傲世，尔倾心，不沾薄粉也知音。年年相约休辜负，秋老相怜惜寸阴。

她的《对菊》实则是羡菊，"芳魂总向斜阳卧"实则是赞菊，"不沾薄粉也知音"实则是告诉菊花，希望"年年相约休辜负，秋老相怜惜寸阴"。

供菊

研墨铺毫堪喜侍，几枝台案吐清幽。犹闻三径芬芳味，何识半帘寂寞秋。

谙往事，去新愁，月来梳影梦中游。寒香端是知卿意，只合筝弦静静流。

她的《供菊》是相当讲究的，也就是在写诗填词之时，插几枝菊花在案几上，一股股清幽的花香扑鼻，就像在野外闻到了芳香味一样，完全忘掉了在闺中的寂寞冷索。记住以往的事情，丢掉最近的不快活，睡得十分的香甜，这幽幽的菊香知道我的心意，伴随轻轻的音乐声在我梦中缓缓流动。真是惟妙惟肖，读者也享受着那样如梦如幻的甜美。

咏菊

任让寒风霏雨侵，噙香凝露醉蛩音。山高不尽看枫叶，院净当须对菊吟。

增秀色，散清阴，休教一脉入秋心。三春温泽非君志，从令陶家说到今。

词的前面浓墨重彩地进行铺垫，都是为了"三春温泽非君志，从令陶家说到今"而感叹，三春温泽并不是菊花所要的，而陶潜的《归去来兮辞》中所要表达的胸臆才是自己淡泊、无求、清新的生活方式，说到今，正体现作者也同样有着这样的情操。

画菊

遍绕秋丛喜欲狂，归来研墨细思量。先勾瘦叶滴清露，再画金丝着玉霜。

匀骨傲，用情长，毫端袖底散幽香。花开不并百花圃，独立寒风慰夕阳。

"遍绕秋丛"用得很巧，秋丛就是菊丛，虽然喜欲狂，但真正要着墨还需细思量，虽然"瘦叶滴清露""金丝着玉霜""匀骨傲"，但都必须灌注深深的情意在里。一句"毫端袖底散幽香"让读者深入其境，融入其中。

问菊

寥阁秋声早已知，菊花清浅出疏篱。金丝沁露香犹敛，弱骨迎霜意未迟。

风韵正，味相宜。伊人从此惹魂思。惜怜秋老君将老，待见芳华又哪时？

问菊，是真问菊么？"寥阁秋声早已知，菊花清浅出疏篱"寂寥的秋步声已传入耳帘，清浅的菊香淡出疏篱，在朔风烈烈中已呈现出"金丝沁露香犹敛，弱骨迎霜意未迟""风韵正，味相宜。伊人从此惹魂思"，一个"弱骨迎霜意未迟"，引起"伊人从此惹魂思"来。自己在惜怜秋老菊老，作者在问"待见芳华又哪时"的同时，读者要问作者，此物此情难道就没有你暗指自己惜怜秋老己将老吗？问己也！

簪菊

衰露金英无蝶忙，掐来一朵着花妆。平添发际千般韵，激起诗心一点狂。

经风雨，过重阳，晴窗掩映结秋霜。悦情只为尘埃少，佳句吟成分外香。

作者很潇洒，在百忙之中也忘不了掐一支金菊戴在头上，你看作者戴上菊花后的感受"平添发际千般韵，激起诗心一点狂。"为什么要偏爱菊呢？"悦情只为尘埃少"，因此她感觉到菊的品格感染她后，吟成的诗句也就分外的香了。

菊影

帘外寒香叠叠重，幽葩一任到诗中。当时语笑倾樽满，此刻情凝韵味浓。

披玉露，觅芳踪，苍苔素蕊月朦胧。秋霜沁满容颜好，哪管身临瑟瑟风。

最后一首用《菊影》结束是有作者用意的，我想她有自己的安排。"当时语笑倾樽满，此刻情凝韵味浓"作者是"披玉露，觅芳踪"，在哪里可寻着菊影呢？"帘外寒香叠叠重"，满眼是"苍苔素蕊月朦胧"，为寻菊影"哪管身临瑟瑟风"。呀！菊的影子全在"幽葩一任到诗中"了。这就是作者写十首菊花词的目的所在。

郎英的词，从这十首看，可以说掌握词的表现技巧是达到成熟的地步了。她造境、写境相结合，把自己情感纳入词中，可以处处在词中捕捉到她的影子。故词中是有我之境，"有我之境，以我观物，故物皆着我之色彩"（王国维语），她学习创作的词，已完全脱离了"花间派"和宋初文字富艳精工，艺术成就较高，然而艳情离愁，合欢离恨，男女燕婉之私，格调不高的状况，是"旧瓶装新酒"的婉约词风。

2017 年 3 月 1 日于渔渚山庄

述评郎英几首词作

采桑子·山村正夕阳

村庄掩映斜阳里，蛙鼓纷纷，谷鸟悠巡，橘子花香扑院门。

翠薇岭上松涛阵，片片祥云，缕缕风熏，时见田园庄稼人。

一幅山村暮春傍晚的景色图清新地展现在眼前，祥和、古朴，勾起人对美好生活的向往。笔调清新，有现代风味，不错。

鹧鸪天·探访友人

凝目远山蒿隐身，亦将香草没红尘。都言秋到云天碧，吾揽清风素影真。

一丝醉，又逢君，友人相聚总销魂。黄昏道别愁何限？嘱咐声声暗敛颦。

一句"一丝醉，又逢君，友人相聚总销魂。黄昏道别愁何限？嘱咐声声暗敛颦"何等的美妙！婉约遗风，细腻真切。

卜算子·李花

素袖碧纱裙，早把风尘剪。巧解农人时正芳，凝雪三春炫。

淡贮纤苞香，织起银霞缎。无月还明休暗夜，未寄人儿看。

描写李花，从外至里不露痕迹，"素袖碧纱裙，早把风尘剪"写出李花与众不同，"风尘剪"巧妙地把人和事物结合，更进一层地审美。"淡贮纤苞香，织起银霞缎"神形俱备。

鹧鸪天四首

春醉

庭树闲钩雀语哗，春风入赘老农家。昨宵檐外发微雨，今彻田园菜籽花。

游翠岭，捕朝霞。山深忘了几年华。双双靓影盈眸处，雪魄冰魂初照斜。

春醉，醉在雀，醉在风，醉在雨，醉在菜籽花；醉在我，醉在他，醉在深山中的双双靓影，醉在如今好年华。

七夕

未歇蝉声小院幽，清风不上柳枝头。彩云犹照当年月，双燕依哝今岁楼。

团扇起，汗香收。银河一望更添愁。堪将七夕称佳节，绝唱人间何处求？

初夏

暮色苍茫柳岸行，凉风洗面月初升。青青荷叶动蛙鼓，烁烁灯光流锦城。

虚里梦，实中情，向前一步自盈盈。清歌几曲融天籁，欲买新愁愁已轻。

秋思

银阙初凉雁信迟，凭栏独立不邀诗。清风冷雨常光顾，淡月微云偶入词。

谙往事，惹相思。思来渐瘦楚腰肢。灯昏月暗难成醉，一枕轻寒梦醒时。

此三首难脱旧词婉约闺中旧调，"银河一望更添愁""欲买新愁愁已轻""谙往事，惹相思。思来渐瘦楚腰肢"词虽好但无新意，创作的一大忌也！

蝶恋花三首

紫薇

月底风前谁可取？未道前缘，秋露净千缕。归到玉堂清又许，月钩初上听花语。（——别致新颖）

一枕幽窗浓睡处，便作深情，梦也随侬度。桃李无言堪早去，紫薇花下惊蝉絮。

塘荷

密叶露姿香未断，才下斜阳，蝉曲清风岸。（——好语）仿似瑶池初设宴，三杯沁醉芳妃面。

笑隔莺声蛙鼓乱，玉绣青裙，就怕飞霜满。（——用语独特）可引洛神波上恋？谁知素女深情缠。

脆李

沃土田园农事喜，香雪初春，夏熟青青子。弯下枝头难以起，酸酸涩涩心中系。

致富山乡功可记，笑了农人，锄作生钱计。巨变新村甜脆李，红红紫紫临街市。

《紫薇》《塘荷》二曲细腻可餐可与宋初婉约之风比，遣词用句有自己独到之处。

高阳台·七夕从笔

纤月浮云，鸣蝉弄树，天街夜色初张。卧看银河，不堪牵肚萦肠。星光历历悠悠梦，怅望间，美煞情长。巧无凭，露槛同凭，昔去年光。

经年七夕相从阙，动人幽意少，思只深藏。怎得银笺？殷勤赋得华章。纵识脉脉迢迢路，惯伶仃，数落花殇。怕人知，几缕秋心，几点寒凉。

读得一曲《高阳台》，仿佛读到秦少游、周邦彦、柳永词，铺设升张，娓娓道来，很有情节。"怕人知，几缕秋心，几点寒凉。"结尾结得多叫人知道从笔之苦心。

临江仙·吟秋几阕

一

总觉飘零秋尚早，窗前疏柳方惊。尘寰莫道去无声。已成些往事，只在阙中行。

也引春光诗眼扣，无由诗笔牵情。时逢正是雨新晴。角梅残了面，满地砌红英。（——残、砌两字出奇制胜也！）

二

萧瑟秋风天气短，山山唯落余晖。雁声远去水声回，泊船烟雾锁，木落鬓边飞。（——意新句妙）

作客异乡知况味，别离堪怕伤悲。儿需求学不同归。母行千里远，念想总常随。（送儿去重庆上学，暮行长江边）

三

总道西风情总薄，萧萧叶落疏窗。更添盈袖几分凉。渺天银月挂，月下满清霜。

一笛楼台千家雨，看蓬门草枯黄。飞来桂魄入新香。花开篱下菊，雁阵又成行。

四

急急蛩声蓬草乱，清时凉夜悠悠。多情最怕又生愁。看风荷曲苑，明月照高楼。（——巧用）

遍倚栏杆来对景，三更眠意无求。远书归梦问谁收？诗心犹可顾，露冷入衣裳。

五

小院残英知几片，情怀眷顾篱前。偷香寒令几相怜。可知从此起，喜作菊花篇。

玉瘦姿清风韵正，几多蕴秀毫端。更将金蕊与霞连。陶潜犹不是，自觉在南山。（——引典无痕，物我相连，出其不意了）

喝火令·秋心

露冷蛩声渺，风凉菊味残。竹摇烟笼几分寒。方有一钩镰月，轻锁水云间。

寂寞流弦上，相思瘦笔端。别来心事案台前。梦也依稀，梦也旧愁绵，梦也半帘微雨，洒落黛眉弯。

弦上，笔端，案台前，梦中，黛眉弯，用这样多的地方同表现一个秋心的愁绵也！"梦也半帘微雨"好出新意呀！和"恰似一江春水向东流"形容愁一样的用法。

2017 年 9 月于渔渚山庄

风景总无尽，还看山那边

　　我之前是不认识邓建秋先生的。虽然休休子先生总是提及他，并说邓先生是渠县律诗高手，甚至还把他的手机号告诉我，但因从未读到他的大作，所以对他的认识总是模糊的，也就没联系过。2015 年《达州文艺报》抗战题材征文专刊刊登了他的《抗战胜利之歌》十首律诗，才真正第一次欣赏到了他的诗歌。读后不由然叫绝，律诗老手也！律诗高手也！在达州写同类题材的律诗写得如此之老道，如此之绝妙，非建秋莫属！直到 2017 年 9 月 27 日，陪同中镇诗社等全国著名诗人达州行大型采风活动中，在渠县才认识他，还送给我他的诗文集《壮岁集》。

　　在诗文集的扉页上看到了得鲁奖诗词大家周啸天的一段话，是写给《壮岁集》的"一个诗人有两个琢磨：一个是琢磨生活，一个是琢磨语言。两个琢磨到位，便出真诗，观斯集也，可以验之。"我用几天时间通读了《壮岁集》中的诗歌，给我的感觉正是周啸天所言。如果要我简洁地再理解"生活"二字，就是邓建秋几十年对生活的阅历，"语言"就是邓建秋几十年孜孜不倦地学习所获得的知识，在建秋的诗歌中我深深体会到了。

　　在"游踪履痕"《川西北纪行》组诗中对九曲黄河用同韵写了三首五律，是不同立意而首首皆好。第一首写初见黄河时，为那里恢宏大气的景况而陶醉，完全忘掉自己已经是"两鬓斑"了；第二首是看到奔腾不息的黄河后追忆古时边关发出的感慨。

> 黄河九万里，到此第一湾。
> 激荡风云外，奔腾天地间。
> 惊涛来远古，狂啸破重关。
> 我欲随之去，浮槎日月边。

这是第三首，我最喜欢这一首。颔联、颈联运笔好大的气魄，转接处"我欲随之去，浮槎日月边"完完全全一个现代李太白的形象浮现在我眼前。

建秋的纪行诗有他独特的感知，写景完全是为了抒发自己内心的情感。我们不妨读读他的几首纪行诗吧。

走河西走廊登嘉峪关

苍凉大漠一关雄，西北皆其掌控中。

千载黄沙秋露白，几回青史战旗红。

承平岂可无文德，镇远还须有武功。

楼外祁连风起处，遥看神七问长空。

为了理解此诗，我们不妨先了解一下嘉峪关。嘉峪关位于甘肃省嘉峪关市西5公里处最狭窄的山谷中部，位于河西走廊中西结合部（中部偏西），明初，宋国公、征房大将军冯胜在班师凯旋途中，选址在河西走廊中部建，东连酒泉、西接玉门、背靠黑山、南临祁连的咽喉要地 —— 嘉峪塬西麓建关。城关两侧的城墙横穿沙漠戈壁，是明长城最西端的关口，历史上曾被称为河西咽喉，因地势险要，建筑雄伟，有天下第一雄关、连陲锁钥之称。

"苍凉大漠一关雄，西北皆其掌控中"，首联是概说，西嘉峪关，东山海关，这是万里长城两大雄关，嘉峪关地处大漠更显得苍凉大气，因此所处位置，把西北全部控制住了。

"千载黄沙秋露白，几回青史战旗红"，颔联既是写景又在抒情，情景相融，特别"几回青史战旗红"一个反问句，更增添了"千载黄沙秋露白"苍凉的悲哀！

"承平岂可无文德，镇远还须有武功"，颈联完全是在发表感叹，言之社会安定岂可少礼乐的教化，（今天的思想品质修养）威镇边庭还需要强大的武力。

"楼外祁连风起处，遥看神七问长空"，尾联是结语，此句是指诗人站在嘉峪关城楼上看见楼外祁连山风起的地方，"神七"宇宙飞船正在冲向太空。建秋的结语在转句的基础上与现代焊接，暗暗道出今天我们的祖国更加强大。此句写得潇洒自如，用一个今典"神七"把诗的意境升华。

光雾山看红叶

疑似春花故放迟，嫣红万点满秋枝。

崇山尽染谁同醉？胜境初来我已痴。

空里流香含远志，桥边倒影认芳姿。

拾回片叶藏书底，留待他年忆此时。

《光雾山看红叶》这首诗或许是同他最爱的人一同游光雾山时所写的，有一种牵肠挂肚的意味在诗里。每一联都是写景、言情互相对照，感叹不已！那么就来解读解读每一句给我们美的享受吧。"疑似春花故放迟，嫣红万点满秋枝"，观叶看人，叶是秋叶，人也已过壮年，好像眼前的美好来迟了点，但是，秋枝的万点嫣红却给相互带来了欣慰。"崇山尽染谁同醉？胜境初来我已痴"，高高的山上被秋叶染成一片红色，处在这么美丽的景色中，那么又有谁能同醉呢？和爱着的人初次来到这美好的境地，看见这般景色我如同喝醉酒一样痴痴的，不知道怎么来表达内心的感受。"空里流香含远志，桥边倒影认芳姿"这句中的"含远志"在这里不大好理解，"空里"我们是否可理解为大自然中？也可理解为空气里？"流香"当然言指秋天光雾山散发出的草木的香气。"芳姿"理解为爱人的倒影或光雾山的倒影都可以。"拾回片叶藏书底，留待他年忆此时"，把光雾山的红叶拾回一片珍藏在书底，留着以后每每看见这片叶时，就会回想起那时在光雾山一同游时的快乐。此诗写得自然流畅毫无娇作之感，景至情至。

《游酉阳桃花源》读后又别是一番滋味在心头。

游酉阳桃花源

幽洞突明水一湾，桃源即在古城间。

绿遮碧瓦千枝竹，青隔红尘四面山。

胜景难思他日计，平生但享此时闲。

稻香深处蛙声逐，过往烦忧似尽删。

"幽洞突明水一湾，桃源即在古城间"虽是今人游现代的桃花源，但似乎这恰有五柳先生《桃花源记》中有一游人至洞而入的感觉。"绿遮碧瓦千枝竹，青隔红尘四面山"这一联是倒装句，言其有绿色的千枝竹遮住了碧瓦，青翠的四面山峰隔断红尘的喧嚣。色彩、数据（是不确定的数据）配搭得当，也可使我们联想到"土地平旷，屋舍俨然，有良田美池桑竹之属。阡陌交通，鸡犬相闻"的桃花源了。"胜景难思他日计，平生但享此时闲"这颈联才是作者写作的真实意图。作者感叹出：在这样的胜景地很难想象到那时的桃花源是怎样生计的，但愿我平生能有像今日一样的闲情多好呢。"稻香深处蛙声逐，过往烦忧似尽删"当听到良田稻香之中一片蛙声不断时，以往那些烦恼之事好像全部删掉了一样，使人沉浸在联想之中。有景有情，情景交织，读后犹如深入其境，与作者产生共感。

同样建秋的《游长坪沟看四姑娘山》也叫人回味无穷。其中的"万仞横空风寂寞，千年无语雪晶莹。但求一夜入君梦，何惜三生寄我情"一景一叹何等感人！他的《夜临朝天门》中"过眼两江三峡雨，赏心八面万家灯。水声浩荡船初发，夜色迷离酒不胜"又是何等的迷人！他的《游四道桥胡杨林》中"朔漠栖身原未易，西风落叶又长飘。胡杨可似尘寰事，最动人时最寂寥"又是何等得叫人深思！

《若尔盖草原》中有句"露冷花犹发，天低雁可追。遥山斜照里，羊裹白云回"；《夜登西岳华山》有句"论剑曾经千夜冷，寻仙今对万山空"；《观西夏王陵游黑水城》中有"半堵城墙埋野草，八方瀚海咽胡笳。金戈曾拓千秋业，丹陛今飞万里沙"等。都可以看出建秋不同的运笔。

建秋爱山水，更爱家乡的山水，在《賨风宕韵》中处处可领略到，他的情感散布在宕渠的山山水水之中。《走邓家山》同韵写了三首，也是首首皆妙。现录之二供赏：

> 无妨一路雨霏霏，妩媚青山似久违。
> 是处水光皆潋滟，谁家桃李不芳菲？
> 但凭手杖隐身影，径逐春风上翠微。
> 脚底林烟飘欲尽，岭头又见白云飞。

首联之意我理解为，家乡妩媚的风景好像有段时间没光顾了吧，这次回来，虽然春雨霏霏也无法阻挡我。颔联之意是，到处溢出的波光都闪闪耀眼，邓家山在这个季节没有哪一家的桃李没开出了芳菲的花朵。颈联之意是，凭着手杖我疾步登山，我的身影在青翠的山路上时隐时现。尾联我理解是，站在高处，脚底山林中的雾霭好像快要散尽，可又见岭头上飞来朵朵白云。不难看出，建秋回邓家山的心情在诗里跳动。

五律《马鞍山生态园》是他的"渠成新景四题"之四，生态园当然是现代打造的，当然是新景，我们看他是如何写这一新景的呢？

> 尘外清凉地，回头一径斜。
> 风来自何处，云出落谁家。
> 有雨群峰翠，无寒四季花。
> 寺钟沉闷起，忽而厌浮华。

读这首诗，感觉到自然清新，这生态园是很适合人游玩的地方，既可以清心，又可使人觉慧，是多么好呢。我来解读一下诗的意境。登上马鞍山这块清凉地上，一回头看见走过的路是很长的一斜道。站在马鞍山上，迎面吹来的风是来自何处？这一朵一朵的云又会落到谁家的房屋上呢？雨后马鞍山群峰一派青翠，如果不冷的话四季都会欣赏到花开。这个时候寺庙中响起了沉闷的钟声，处在这无欲之地，忽而觉得浮躁和虚华都是人生最该厌弃的了。

渠县古迹很多，文庙、白塔、汉阙、城坝遗址、八蒙山三国古战场遗址、賨人谷等，在建秋笔下都有所涉及。看看建秋是怎么描写城坝遗址的：

> 賨都竟何处，柳影稻香边。
> 开井见秦钱，支床有汉砖。
> 挥师曾伐纣，舍盾可归田。
> 桑海频交替，堪欣一脉传。

2016年6月，我曾随达州市科普作家采风到过渠县城坝，看到国家文物局的专家正在挖掘遗址进行考察。在渠县文物局专家的带领下，观看了城坝几个保存文物的地点。各种汉砖当地社员不知道其贵重,在前些年有的用来砌猪牛圈,有的用来铺地坝,一句话到处都是汉砖、古井。"賨都竟何处,柳影稻香边",首联道明了賨国的都城在何处,就在柳影稻香的城坝。"开井见秦钺,支床有汉砖",颔联指打开古井可以找到秦时的兵器,老百姓搭床用的是汉砖。"挥师曾讨纣,舍盾可归田"颈联是一种猜想,说的是那时候賨国挥师曾经讨伐过残暴的商纣,不打仗了又回来种田。"桑海频交替,堪欣一脉传"尾联感叹,纵观历史,桑海沧田频繁交替,值得欣慰的是大中华一脉一直承传到了今天。建秋写城坝遗址是为家乡有悠久历史而兴奋的,而骄傲的。体现出爱家乡的真实感情。

不得不说说我读建秋最具现实意义的抗战题材的律诗的感受了。

建秋写《抗战胜利之歌步丘仓海〈岁暮杂感〉韵》共十首,举例两首可略知全豹。

其四:

地坼天崩似角催,雄兵百万出川来。
救亡何惜身先死,破敌能凭势不衰。
转战黄河旌甲壮,摧锋紫塞朔云开。
且看举国干城在,虏血堪将满尽杯。

读完一看便知是川军出川抗战。"地坼天崩似角催,雄兵百万出川来",言之日寇侵华号角催我犹如地坼天崩,英雄的四川儿女奋勇出川抗战。"救亡何惜身先死,破敌能凭势不衰"抗战救亡怎么怕牺牲!战争中只要打败日寇我们的气势就不会衰退。"转战黄河旌甲壮,摧锋紫塞朔云开"转战到黄河流域旗更扬气更壮,直打到塞外胜利的喜悦连朔云都一起笑了。"且看举国干城在,虏血堪将满尽杯"且看捍卫祖国的将士都还在,用倭寇的血来祭奠胜利都将是满满地斟上一杯。难道此诗气魄不可联想到岳飞的《满江红》吗?

再看其九:

秦关汉月自雄深,百二山河接古今。
武穆精忠勋盖世,文山正气字镂金。

请缨必欲回澜倒，死国当能起陆沉。

对此东瀛愁灭顶，四边轰响海潮音。

通看此诗大概意思是：祖国的历史很源远流长，有很多险固的山河连接古今。苏武精忠国家，十九年流放边远牧羊不降其功勋盖世，文天祥一身正气不愿招降写下"人生自古谁无死，留取丹心照汗青"的千古绝唱。只要全民族参加抗战，那么，全国的抗战浪潮必将迅猛发展，我们抱着为国而牺牲的精神，就能挽救国家于水火之中！对此，日寇将面临灭顶之灾，因为全世界都响起了抗击法西斯捍卫和平的声音。

十首抗战诗写了各个层面而不显重复，用典精当准确毫不晦涩。

建秋作律，格调庄严，气象宏丽。明胡应麟在《诗薮·内编》说："作诗不过情景两端。如五言律体，前起后结，中四句二言景，二言情，此通例也。"建秋并不拘泥此论，写景言情发感慨，全根据所需而定，所以他的律诗诗意流动，结构多变化而不呆板。

邓小军教授在给《壮岁集》写序言中也列举了很多佳句、佳篇，邓小军教授说："建秋之佳篇，写景、写人、述史诸题材，五律、七绝、七律诸文体，各臻其妙，可见其笔墨富于变化，能事不拘一格。"

说了这么多，不知道读者是否知道我为什么要用"风景总无尽，还看山那边"作为我读建秋诗的标题？其一，是说世上美的风景是无穷无尽的，我们平面看到的只是视力范围内的那一小部分，山那边还有很多好风景的。其二，建秋有一笔名曰"山那边"。我读过也评过很多人的诗歌，其风景总是无尽地愉悦我的眼球，愉悦我的心扉。今天我又十分高兴地学习了"山那边"的诗歌，也受到了很多启发，内心的感受是很深刻的。也为达州有建秋这样有才学的诗人感到骄傲。

摘两句胥健先生词《长相思·致山那边》作为结语吧：

山那边，山外山……

山那边，天外天……

2017 年 11 月 27 日于渔渚山庄

有关杭州蔡国强老师发来的一首诗歌的讨论

这是杭州蔡国强发来的一首诗，他要大家讨论一下（好与不好，好在哪里，不好在哪里 —— 蔡国强语）。

秋夜听雨
重楼隔山雨，客念一秋灯。
困卧西窗下，似闻溪水声。

木楼语： 既是夜，言被困就牵强了。通篇找不到听雨的感觉，溪水声无雨也会有吧。再则首二句分别用题字雨，秋，似乎少了嚼头。乱说。

月映霜华语： 首二句已含困意，点出不必要，意陈；首二句相当精彩，然转句宕不开，累及末句。听雨思乡，惯常思维，既人之常情，表达应有独到处，显然这首中规中矩，未做到呢。

安全东语： 我觉得老蔡这诗除了意象老套外，文字表达并无不妥。一个困字，当是客里孤馆，既是重楼，隔雨也在情理之中，既是隔，当然此时或听不到雨声。既是听不到雨声，岂不乖题？故而于末句逗漏出溪水之声，但却只是似闻，可以设想，若无雨，则连似闻也无可能。所以，此处实际是用曲笔写了听雨，即由似闻溪水声逆挽推套出雨声了，不听而听。

子希语： 老安先以一个困字起议，层层深入议论，以一个曲字收尾，其实是在言其诗的表达的高超呢。

山那边语： 作者于二十个字中辗转腾挪，透露出很多信息，确是手段高超。

川东散人语： 诗无新意，文字功夫再深也难弥补。

休休子语： 我赞同散师的说法，藏猫猫游戏，你躲得太深，人家找你三次还找不到，便不再和你玩了。

川东散人语：我们是乱劈柴。要的是清新空灵，有巴山泥土味，稻花香，在乐府和竹枝民歌间踏出一遍天地来，这就是大巴山诗派。

子希语：蔡老师发来的这首诗歌，单从艺术上说是一首格高的乡愁诗，但当代意识不强。当代人有当代人语言、情感，只有用当代人现实生活中的方方面面进行描写，才能引起当代人的通感，才是有意义的写作。蔡老师发来的这首诗古味十足，才子佳人味浓。我们提倡的大巴山诗派风格，是自然、清新、空灵，信手拈来，不雕琢，采用白描手法，不用或少用典故，特别是晦涩少见的典故。在大巴山民歌、竹枝词、新乐府的基础上，闯出一条大巴山新国风的路子来。这种风格，已经有一批志同道合的写诗者在进行开拓了。说实话，我不喜欢蔡老师发来的这类诗歌。

2017 年 1 月 2 日于渔渚山庄

附：新诗评赏

吸着中国妈妈乳汁长大的胡子大哥

胡有琪长得一脸络腮胡须，人称胡子大哥，性秉直豪爽，开江人，一口地道的开江土音。去年秋，他送我一本诗集《青山牧马》，听说他还出版了《野百合花》《雪在燃烧》，但未曾读到。5月某日，他发给我一组写家乡明月湖的诗，读后再联想起读《青山牧马》时的味道来，脑神经突然一闪，胡有琪的诗泥土味芬芳扑鼻，是喝着明月湖的水长出的，特喜爱，何不也谈谈我读后之感受呢？

有琪的《在明月湖》格调清新明快，他在明月湖畔不知道流连忘返了多少遍，他把对故乡的爱随着晨曦、夕阳一道全泼进了明月湖，血已溶化在明月湖中。

《在明月湖》

"那么多的鸟鸣声／掉进明月湖／泡都没冒一个／就被明月湖的微笑／洗得一干二净"这哪里是单单指的鸟鸣声呀，那明明是浮躁了的灵魂和一切需要漂洗的世尘，被家乡明月湖的洁净的湖水和博大宽怀的微笑感染而净化了的心灵。

"闻讯赶来的树伸出钓竿／只钓着两岸青山／十里美景／明月湖不动声色／红日，扑通一声跳下水"明月湖是一块圣地，静观着尘世间一切美丑，一切喧嚣，唯有"明月湖不动声色"禅意渺渺，虚空若谷，这是有琪追求的境界，也是故乡唯美的象征。

"红日，扑通一声跳下水"这一意象把前后勾连，湖中倒映的红日，给明月湖增添了无比的美丽，我们似乎看见了红日嬉戏湖水时的状态，也听见了跳水时的声音。

"明月湖才破颜动容／网开一面／救上岸的风露出私处／把三月扔掉，

抖出了粒粒鸟鸣声／自己一身湿漉漉地跑了……"你看看，这天人合一的境界竟然被描摹得天衣无缝。在明月湖，你得到了什么？这就是胡子大哥的家乡情用明月湖水浓浓地给你泡上一杯茶让你慢品细嚼。

《其实，明月湖只有一杯》
"有无数杯明月湖宴客／不用击木惊堂／三亲四友就调起胃口／明月湖的故事／不分季节就有了高潮""热辣辣的开江口音／端出的就是一杯情浓的明月湖""那么多毫无情节的故事／被明月湖拖下水／一浸泡／喜怒哀乐便浮了起来""生动地哭，生动地笑／故事便精彩万分让人联想"这一杯乡情，就像浓浓的茶一样被明月湖水泡得有滋有味起来了，在外打工的开江人，开的是乡音乡情乡恋的茶馆！难道说明月湖真的只有一杯吗？要说只有一杯，那也是喝不尽的故乡的情意呀！

《钓在明月湖》
"而我只钓上一朵掉在水里的白云／热闹丢下我不管／镜头直奔爱情而去／旁边的桃花掩嘴而笑"好执着的爱呀！无视一切，只把纯洁的白云独钓；"只注视纹丝不动的水面——鱼儿不上钩／我就把明月湖钓上／明月湖在我的钩上无法脱身走人／鸟声救不了她"其专注的神情什么样的人和事都会为之而感动。其结果呢，却让所有的人获得了"在明月湖我修成一颗平静的道心"。

节选出以上几首诗的诗句，不难看出胡子大哥那颗心在粗犷的外表下更有细腻的乡情，他对家乡的热爱，程度深远地在字里行间全演绎出来了。
我写这篇文的时候，标题用了"吸着中国妈妈乳汁长大的胡子大哥"。我想，就现代诗本身而言，她的脐带是连在外域的土壤里的，流着外域方言的血，其诗歌的优劣，要用她本民族的审美观去审视。新文化运动把她移栽来中华大地，近百年来，现代诗流派迭出，各说各有理，论争纷纭，对现代诗的评赏，我们是不能只抱着自己的认知去评说自己不知道的领域的事物。但圈子内津津乐道，圈子外冷冷清清，不知所云，把诗歌写作的基本点不顾，而尽其所能，发挥出只有他本人有时也不知所以的诗来，我看，除了达到自己摇头晃脑的抒情外，其他就别无可取之处吧。杨牧在一次诗歌研讨会曾说过，其大意是，现代诗移来中国，必须要把她变成像西红柿、土豆、玉米等一样，适合中国的土壤、气候、环境去生存；要用中国妈妈的乳汁喂养壮大她；要向中国的传统诗词汲取营养。

我们读胡子大哥的诗，完全可以说他做到了，而且做得十分好，他吸的母乳就是中国大地母亲的营养。他写诗不装腔作势，朴实无华的语言更有一腔真情。

前几天，他发在中国编辑作家诗人精英群的一首诗，又让我眼睛一亮，不妨发出来大家一起欣赏。

瘦小的村庄

年轻时
奶奶是正宗的丰乳肥臀
哺乳期她的乳汁一挤
就是家乡的一条河流
村庄干渴的嘴一吮吸
身板儿长势喜人顶起太阳跑
那时的奶奶让村里的花儿集体失色
那时的村庄就是奶奶的代名词

如今奶奶的乳房日益萎缩
瘦成两岸的沙滩
她的肥臀只是一个名词
瘦小的影子遮不住一片落叶的哀
风一吹影子顿时连滚带爬
踉踉跄跄
害得村庄也是声声咳嗽
炊烟扶也扶不起弯下的腰

奶奶瘦成了村庄
村庄瘦成了奶奶
今年清明我看见爷爷坟头的一株草
不费力就托起了奶奶的膝盖
尽管奶奶的自言自语
还是震得村庄连连后退一再施礼

瘦小的村庄
是奶奶还在行走的一块碑

《瘦小的村庄》视角奇新，用语独特，尤其值得肯定的是触动了当下一个不敢忽略的现象：时代未变，物欲社会把原来的地缘、亲缘、乡缘、人缘关系全变了，农村中荒芜的田地，倒毁的房屋不计其数；更有不顾一切地强征豪占，使得村庄节节退让。诗歌对比度强烈，诗作不长，读着却屡屡揪得心痛，心痛之余，引人深思！

此诗读后，心情有沉甸甸的感觉。胡子大哥的《在明月湖》一组，十分明确是对家乡热爱之情的直接表达，然而《瘦小的村庄》则从另一个方面，用另一种方式更进一步表达出了对家乡的热爱，其爱的强度更大更深刻。

胡子大哥的诗歌，我看写得并不难理解，这正是实践了现代汉语写现代诗如何表达内心感受的一种很好途径，没有深奥的用语，没在字词上玩弄技巧，不是同样能表达出情深意蕴了吗？

胡子大哥喜禅论道，或许真正领会其深刻的含义还需琢磨呢。

2015 年 6 月 30 日于渔渚山庄

从内心深处唱出的歌

——读向一君新诗集《子衿心吟》

　　向一君把他近几年写的一卷新诗发到我邮箱里，并嘱托我为诗集写篇小序。我真还不敢写这篇序呢。看现在很多纸刊和电子版刊发表的诗歌作品后，自己写现代诗都无从下笔了，怕写！那些抱团的所谓现代新诗派别，各领风骚有几天？新诗现在圈子化，没有广阔的群众性。诗人的写作是写给人民看，怎么能只为圈子而写诗呢？怎么能只是像内部文件一样只发给少数人看？一个很怪的现象，广大的读者，今天连所谓著名诗人的诗都不阅读，而依旧只接受李白、杜甫、屈原、苏轼等中国古人的诗歌，说明了什么？因为许多新诗读起来非常费劲，读了之后不知所云。作为诗人，你会怪读者不懂诗，还是怪自己没有写出好作品呢？看完向一君这卷诗稿，其他不敢说，但我读得懂，老百姓也读得懂，总比那些读起来天上一句地下一句不知所云的诗有作用点吧。

　　诗集《子衿心吟》分为，儿歌（22首）、故土（28首）、感叹（28首）、情思（35首）、社会（31首）、游乐（27首）、微诗（14组），向一君将诗集的名作了解释，他说："借用《诗经》中'青青子衿，悠悠我心'之意，以照应我的新诗第一本集子《心境》的'心'字，同时说明我的东西都不是无病呻吟，不是故弄儒雅。"

　　读向一君的儿童诗，觉得处处彰显着饱满的儿童情感，有着儿童似的丰富想象力，并且用语有着儿童般的天真感，不但构思巧妙而且有优美的意境。他具有一颗爱心，也保持着一颗纯净的童心。在他的笔下，如果没有爱，就不会有希望孩子们"种下形形色色的梦想／让创新的嫩芽生长"，希望孩子们"冲破一切框框／张开奇思妙想的翅膀飞翔"（《给参加科技创新大赛的孩子们》）这样的句子。儿童诗主要是写给儿童读的诗，必须适合儿童的听读，吟诵，其特点一定要符合儿童的心理和儿童的审美，成人写儿童诗，如果少一颗童心，是一定写不好，也写不出来的，必须要带着儿童的天真童趣去体验。"别看我小 / 长大我就是青蛙 / 那可是害虫的天敌"（《小蝌蚪》），这是儿童蹲在池塘边，看着小蝌蚪时发出的联想。"黄色画出黄种人 / 大人小孩创奇迹"（《小蜡笔》），小孩子用蜡笔画画，各种颜色有各种颜色该配的图像，黄色呢，小孩子奇特的联想就是我们黄皮肤的人，这种描写，完全没超出孩子们想象的空间。

写故乡的题材是传统题材了，从古至今诗人从不同的角度，述说着对故土的情感，其表达方式也采用不同的方法，向一君用诗歌直抒胸怀的方式，采用朗诵诗的形式来表达，他的每一首对故土的诗歌，都饱含激情地向读者述说着故土的故事。

朱家沟人

如果说你是一首歌，
凤凰山脉是你的琴谱，
石龙溪水是你的五线，
朱家沟人弹出了悦耳的音符。

如果说你是一幅画，
泉水是墨，翠绿是调料，
溪两岸是一张洁白的宣纸，
朱家沟人绘出了山水的精妙。

如果说你是一篇文章，
历史是你的提纲，
传说典故是你的字、词、句，
朱家沟人写出了名胜风景的霓裳。

如果说你是一部电影，

> 秀丽的山水村寨是你的场景，
> 历史人文是你的演员，
> 朱家沟人演绎出新生活的芳芬！

读着向一君的这首诗，我的心也一样产生着共鸣，他对故乡的人，对故乡的一草一木所产生的情感是何等的深呀！读着这样的诗我觉得自己就像是从朱家沟流出的一泓清泉水，把故乡的美漂移在你的眼前。

我们读着：

> 对于故乡的情感，
> 如鲜血沁透了骨肉心扉。
> 那一丝丝故土的气息，
> 从呱呱坠地，
> 就融入了生命的经纬。

> 老屋后的花椒树

> 老屋后的小花园，
> 只有十多个平方。
> 一株野生的花椒树，
> 不管我们在不在，
> 一直都蓬勃地生长。

《蜀中吟》《行吟川西》等里面的诗句，无不热血沸腾。当然，新诗创作中，由于作者的立意角度和语言技巧各异，便会出现作品的情理侧重差别。有的重于抒情，有的重于说理。想用有限的文字激发出暴风骤雨般的感情，产生雷霆万钧的力量是不可能的。但它能引发读者瞬间情感的火花，并在火花闪现的顷刻，触发心灵的颤动，以至余波经久不息。不要小瞧这瞬间的火花，同样光辉灿烂，动人心弦。向一君的这些诗句正是激励我们产生正能量的号角声！

向一君经历了很多值得回忆值得感慨的岁月，当然他也记下了发生在华夏大地的许多事。

七十声炮响／划过七十年的岁月沧桑／炸出了五千年古国的宏伟梦想
——《七十声礼炮的联想》

黄河的波啊，长江的涛，滚滚扑向钓鱼岛；
昆仑的情啊，五岳的爱，层层洒向钓岛海。
钓鱼岛，华夏的儿呀，迎着风冒着雨，父亲母亲看你来了；钓鱼岛，我们的同胞，披着霜夹着雪，兄弟姐妹护佑你来了。
——《怒火钓鱼岛》

在诗人的笔下，从古至今，从外国到国内，关于写爱情的诗是永不变馊的题材。一个不会写诗，甚至连作文都写不好的中学生，可写出的恋爱信或爱情诗，最能打动对方，彼此或许一辈子都能记得，这是为什么呢？情之所至呀，这就是最美的爱情诗！向一君是个情感十分丰富的诗人，当然在他的笔下就会写出感情充沛的情诗来。我们来欣赏他的几首爱情诗吧。

我曾经在少陵路徜徉
碰见那个可爱的姑娘
良木缘中难圆良缘
因为金钱打破了梦想
我曾经踏进芳草地
见一株金桂在风中摇曳
坎坷命运的作弄
错过了欣赏瑞卉的花蜜

我曾经在犀浦那个风情小镇

清风拂过一株玉兰的香馨
丝丝香馨缥渺而去找不出消逝的原因

我曾经在东郊的田坎
观赏一朵菊花的芳颜
忘情岁月无情手
使我不敢走进香的芳园

我曾经在浣花溪的林间
行于鸟儿和谐的蹁跹
如今凤鸟已飞驰无影
留下凰鸣悲欢

——《曾经》

从这首《曾经》诗中，可以读出他对爱的追求的态度和他的彷徨。年轻时他对爱也曾做着五彩缤纷的梦，可终究会回到现实，回到真正的爱的怀抱中。

从几千年前到现在
海枯石烂，情爱
演绎出无限的风采
千年相伴
你说是多么深深的爱
根根秀发沁透了她的情
根根秀发都是相思的债

——《千古相随》

你来了走上了霓虹般的鹊桥
从去年到今年历经风雨潇潇

三百六十五个脚步从银河的那边

一步一步踏上美丽爱桥

我来了迈上了七彩鹊桥

历经冬春夏秋坎坷煎熬

三百六十五个足印从银河的这头

一步一步奔向爱之心桥

——《七夕鹊桥》

如果可能，

让我将这朵美丽花儿采摘；

然后插在我情感丰富的心田，

使她不再枯萎，不再被风吹日晒，

更加璀璨、更加风采

——《如果可能》

转眼已到秋风萧瑟的季节，

孤寂的我如何面对落叶？

在芸芸众生中静谧地等待，

希望蓦然回首，看见灯火阑珊中的皎洁。

期望你我同一个金色的太阳，

同一个玉镜似的月夜。

但你在哪里？我的思我的情我的爱，

什么时候装进你的图牒？

那时你会从头到脚浸沐满情爱温暖的光泽

——《把情感折叠》

从这几个选段中，我们就能读出向一君对爱情的执着和忠心。在他挫折的爱情路上，终于悟出了勇往直前的坚贞。

他的几首怀念妻子的诗，其情之深爱之远，可以说写进了骨子里，融化在血液中了。他的玉儿，他的深深的爱恋，他的永世的怀念已经烙印在心中。

自你那年五月从我身边仙去
我的天空已不再亮丽
那一天起，我的天空开始黑云分分
又是元宵，我的天空依然连绵阴雨
你走的那一天像个深远的黑洞
吞噬我明媚日月的光区
从此伤感侵蚀我的机体
哎，元宵，我的诗又发给了你
发给你一行句逗，还有一腔心意
沾着雨水玫瑰如何送达你的手里

——《元宵，我的诗又发给了你》

一件件的往事
一幕幕哀伤和欢喜
自从失去了你
才找到苦痛根底。
相依三十六年月，日日夜夜把你的一颦一笑
早植入我的血脉里

——《自从失去你——玉儿仙逝周年记》

诗人生活在社会里，必然要反映社会的整个面貌，向一君的诗歌就是社会的缩影，社会中的喜怒哀乐无不成诗。东方之星轮船翻、震区同胞、春运、地摊、赶车、"知味苑"大众菜、"法治传媒网"开通三十二个省市等，都是他的诗歌题材。

亲人，请原谅
我突然的别离
没来得及叮嘱——
你们要好好照看自己……

那一道闪电，一阵雷击
惹江水发怒，翻覆天地
顷刻间我们沉入江底
这时，我才明白欣赏沿江的美丽
变成了大江里将有我的灵魂和躯体

可是，我不明白这龙卷风
为何在长江暴戾
为何把偌大的装 500 人的轮船卷起
为何船长生还我们葬身海底……

　　　　　　　　　　　　　——《东方之星殇曲》

　　诗歌的结尾小节，比龙卷风掀翻巨轮的力量还大，这一小节安排在最后出现，出乎意料地将诗歌转为另一种境界之中。

今夜　我们无眠
一颗颗虔诚的心
飞向了天地撕裂的龙门山
一双双盈泪的眼
关注着田园毁灭的西川

啊　嫘祖的故土　熊猫的家园

为什么这么多灾难

西蜀天漏　华西雨淹

半轮秋的山岳

五十年中第三次震撼

影入平羌的川流

山崩地裂　房毁路断……

今天　我们在这里聚集

今夜　汇成了爱的波澜

一腔腔爱意涌向雅安

伸出我的手　你的手　他的手

捐出一元钱　十元钱　百元钱

集腋成裘　积沙成塔

为灾区献出我们一点点心愿

用出我的力　你的力　他的力

献出我的爱　你的爱　他的爱

共同把家园事业重建

——《今夜　我们无眠》

　　文学界、科技界、网络界及爱心民众数百人在西外人民广场聚会，向灾区捐款的现场上一君激昂地朗诵了这首诗，而后群情振奋，纷纷向灾区人民献出爱心。

　　诗人的眼可洞穿一切，诗人的脚可踏遍千山万水，大地上的一草一木都会让诗人产生灵感，向一君从东到西，从南至北，从中间到四周，处处都留下了他的诗迹，处处都留下了他的歌咏。广安小诗十题，朔州集萃，走北大去清华，越雁门逛北海，乘地铁游长江，我看见一个诗人一路诗语一路高歌。"每一阶脚步声声／把近代一百年的历史叩响／阶阶印下了十三亿／一步一步从贫穷踏上小康"（《思源广场的阶梯》），"脚踏二千年的古关隘一砖一石／

激荡着岁月的沧桑／折戟沉沙／鼓角声壮／遒劲古树／刻画出历史的悲凉"(《雁门遐想》)。略举两例便能体会出驼铃声声的塞外和木杵敲山的背夹子背二哥的大巴山吆喝。

向一君的微型诗也很不错的，读后会让你悟出很多道理的，人生五题中的《梦》只有一句"不能去的地方都能去"会给我们多少联想。

我再多啰唆几句，关于对诗歌语言的评说，我想都要放在整首诗中评价才有意义，哪怕最简短，最平实的生活语言。如果在特殊的语境中，在与上下文的衔接中迸发出智慧、睿智的火花，能够给人趣味、共鸣、启迪和激动，这种语言已经艺术化，已经升华为诗歌语言！相反，就算我们煞费苦心地罗列堆砌一大堆不相关的辞藻，莫名其妙地运用一整套修辞方法，一系列的表现手法，只要不能让人读懂、有所理解、有所感悟、有所触动，而像猜谜语似的百思不得其解，都不能说是一首成功的好诗。

有人说"不好好说话，说出不好说的话"就是诗歌，我不知道这些人为什么这样来亵渎诗歌。成功的诗歌看上去是朴实无华的生活语言，作者却能让它在不动声色的自然之趣中升华，既保持了原型的原汁原味，又拓展了它的内涵和外延，没有矫揉造作之嫌，没有牵强附会之意。中国古代诗人的作品，借助工具书都可以读懂，既简洁，内涵又深。当代诗人的很多作品，无论怎么读都读不懂，我读不懂，我相信还有很多人读不懂。文学作品读不懂，怎么文学？

读向一君的诗歌，请放一百二十个心，一定读来巴适（舒适），有胃口的，不信你拿着他的诗歌在群众中朗诵，和你一样，不但懂得起而且也会感染得群情振奋的。

2016 年 5 月于渔渚山庄

藏乡女人的风景

——读组诗《藏风景》

每一个作家或是诗人，他（她）们创作的冲动除个体差异外，必然要有他们创作的特定环境。这环境是他们创作的基本点，因此也为创作提供了大量的素材。读文君的《藏风景》为之眼前一亮，藏家的风情民俗如色彩鲜艳的油画，一幅幅展现于眼前。韩文琴，笔名文君。四川省阿坝州若尔盖县人，四川省作家协会会员，著名女诗人，在高原工作生活三十余载。

她告诉我：从高原来到内地，一住就是二十年。离开那片土地越久，内心就越发向往回归，以至魂牵梦绕般地思念。那山、那水、那一方土地上的人们，就这样不停地从梦里走来又走去。很多时候，半夜醒来，独立中宵，望着启明星升起的地方，望着太阳升起的地方，灵魂便穿梭在高原与都市之间，久久不能平息。我有幸读了她的博客，她的绝大多数诗歌、散文都是写高原的，写家乡的。《万物悲悯的阿坝》《金色阿坝》《车过阿伊拉山垭口》《一路向西》《藏风景》等等。

她告诉我，正因为有这样一份感情一直在内心汹涌，她不得不一再提笔，把那些穿过风尘岁月的点滴，记录下来。父亲的马背，母亲的慈爱，兄弟姐妹真纯的情感，真爱与守望的坚持，以及那些一道生活在高原的异族亲人们，都成了她梦里无法割舍的眷恋，成了她文字里不朽的主题。

说真的，初读她的诗，你不会认为是出自一个汉族女诗人之手，粗犷、豪爽、大气。像是手拿经筒，绕着经幡，在雪山，在洁净的阳光下虔诚高颂。诗人生于若尔盖，长于若尔盖，与那里的山山水水血脉相融，那里神秘的文化，特异的风俗，纯真质朴的情感，还有优美的山光水色，都是组成她诗歌和生命的元素。神山，雪原好像把灵魂都寄托给她，使她的创作产生出一种佛禅的玄妙感。我不好说，文君的诗是我目前读到的有关写藏乡高原、写草原、写雪印象中最让人起眼的诗，其中一点，她的诗，在天籁的陪衬下，在雪山，在草地野合产出的最具有顽强生命力，最自然、最纯洁的诗歌。

我们不妨先读读她的《藏风景》中的《藏灵》吧

　　　　被寒冷肆虐的人儿
　　　　在时间的刻度里，被春风唤醒，被神灵搭救
　　　　被一笔一画，篆刻

　　　　天地融为一体，每一位途经卓玛的灵魂
　　　　都被这浓彩洇染，成为
　　　　神山的一角，雪原的一隅
　　　　奔驰的马，和
　　　　无处不在的天籁、梵音

如若你处在其中，不也一样感染着藏乡的被寒冷肆虐而被神灵搭救的独特气息吗？当你走到缺氧的境地，飘飘然像皈依到神的怀抱，眼前呈现的是：

　　　　雪线之上，尘埃落定
　　　　大片的明黄被神灵涂抹，山崖、草坪
　　　　甚至流动的水域，版印的经卷上
　　　　流水与风声，被遣使
　　　　它们有着拯救万物与苍生的使命

每一位途经卓玛的灵魂，都被这浓彩洇染，文琴把这种洇染，又染给读者，让我重新去认识世界和自我，重新去审定自我的存在的意义。回过头，让我们逐一去看"藏风景"会给我们什么样的流连忘返。听一听《藏语》说了些什么梵音。

它告诉我们：

> 天色灰暗，蔚蓝的潮汐涌来
> 荡去。影子拉的细长
> 神灵低语

它又悄悄对我们说：

> 风声在高耸的旗杆上飞舞，哦，卓玛
> 转经的身影，隐于白塔

其实真实的风境却是在说：

> 城堡在石头和泥土里对话
> 阳光穿不透匍匐的身影
> 没有人能够逃脱世间的疼痛
> 就这样深深磕拜，在接近来生的路上
> 说出苦难，说出忧伤

但是，希望却早装进藏民的心中，他们虔诚的心灵会感动神山：

> 阳光终会热烈起来，就像这些色彩
> 在洁净的天空，铺陈、渲染
> 降临尘世
> 在脚步无法抵达的地方，大片大片地
> 流动、绽放

卓玛这个"藏乡女人"在诗歌中的形象，多次出现，与其说是卓玛，还不如说就是诗。

文君本人，她将人间大爱、善良、慈悲，通过她的笔发散到生活的每个空间，每个角落里去，去寻求一份相遇、相识、相知。如果那些遇见诗里那个卓玛的，你就和她的灵魂，心声一起共鸣，女诗人正是把她灵魂中抑制不住那些"藏风景"写出来，呈现给每一位读者。

她在《藏香》中写道：

> 卓玛燃起柏桠的芳香，把天空熏染成金黄
> 大地顷刻间明亮
>
> 那些隐于内心的
> 愿望，正从闪烁的火光中迸发
>
> 它们一点一滴浸入肌肤、毛发
> 甚至骨髓
> 弥漫在三界之上

文君在《藏雪》中把整个藏乡的精灵都集中到某个地点，那就是至高无上的雪山，她说那是神居住的地方，《高原的冬天是神的家园》写道：

> 天空洁净，大地柔软满世界的白
> 是呈献给上苍的
> 赤诚，万物匍匐

她给我们描绘得很神圣，其原因也许是整个那里的人从生下就注定了一生牢不可破的信仰，她们手持经筒默默祷告，或扑倒在地，用身体匍匐丈量虔诚的天路。她笔下的人群：

> 穿过人间密林的众生
> 在苍茫中行走
> 来于洁白，归于纯净
> 倒影下，落日，成为大地最后的心跳

　　文君这个藏乡的卓玛，她把她最美好的那一段时光，留给了雪域，留给阿妈的草原，留给了阿爸的马背，她的灵魂和血肉早就和雪域高原的一切结缘，她在最后的《藏密》中感叹：

> 一只羊就是一位救世主
> 它们在牧草的轮回里，背负起
> 起死回生的命运，直到
> 草的血液，羊的血液，和人的血液融为一体

　　文君的《藏风景》语言干净，没有一点想在文字上耍技巧，可字里行间处处禅音。"词以境界为最上。有境界，则自成高格，自有名句。"（王国维《人间词话》语）她的诗讲的是气势，讲的是大排场，读着读着就会把你带到千里无垠的大草原，带到四千米的雪山，带到千人齐颂的经房，带到万人朝拜的神庙，也可把你带到阿妈挤奶的牛羊旁边让你学会舔犊的报恩。

　　我也读过文君的情诗。哈哈哈，请你不要害怕，她不会拿着羊鞭在那里，她会像一只柔软的小羊等着你，不信，你去她博客走走。

2015 年 8 月 19 日于渔渚山庄